黒王子はいじわるに溺愛中

小中大豆

幻冬舎ルチル文庫

CONTENTS ✦目次✦

黒王子はいじわるに溺愛中

✦イラスト・カワイチハル

✦カバーデザイン＝久保宏夏（omochi design）
✦ブックデザイン＝まるか工房

黒王子はいじわるに溺愛中

一

近代的な駅の改札を通り抜けると、視界が開け青空がぐんと近くなった気がした。

（空が近い？　広いっていうのかな。意外とお店がいっぱいある……）

駅前のロータリーをぐるりと囲んで、いくつもの商店が建ち並んでいる。その軒の低い建物の向こう、遠くには深緑をたたえた山脈が連なるのが見えた。東京とはまったく異なる景色に、伍夏《いつか》はキョロキョロと興味深く辺りを見回す。

これから向かうバイト先を紹介してくれた兄が「かなり田舎」だと評していたから、もっと何もないと思っていた。

（荷物を減らしてくれば良かったな）

自宅から引っ張ってきた、旅行用のスーツケースを横目にちらりと考える。

これから一カ月、見知らぬ土地で見知らぬ人たちと過ごすのに、必要な物をあれこれ詰めている間に、荷物が膨れ上がってしまった。それでも、未知の生活にまだ足りない物があるのではないかと、今から不安で仕方がない。

何しろ、生まれて初めてのアルバイトなのだ。それが避暑地で一カ月間の住み込みときている。いきなりハードルが高い。

ちなみに伍夏は大学二年生、この夏に二十歳《はたち》になるが、今も何不自由ない実家暮らしで、一カ月も家族と離れて暮らすのは、これまた生まれて初めてだった。

(でもこれくらいしないと、俺の性格は変わらないんだ)

そんなことを考えていると、耳の奥深くから聞き慣れた声が湧《わ》き上がる。

——伍夏はおかしいよ。おかしいってことに気づかないのが異常なんだ。

わっ、と叫び出したい衝動に駆られて、伍夏は斜め掛けにしていた鞄《かばん》の紐《ひも》を強く握りこんだ。もう忘れなきゃ。自分に言い聞かせた。

(そうだよ。せっかく一《いち》兄ちゃんが気晴らしにって、このバイトを紹介してくれたんだから)

知り合いのところだから気楽にやってこい、と見送ってくれた長兄の顔を思い出し、丸まりかけていた背中を伸ばした。

この夏で自分は変わる。変わらなければならない。こんな我がままな性格では、誰からも愛されないから。

(そういえば迎えの人、どこだろ)

伍夏が駅に到着する時間に合わせて、バイト先のオーナーが自ら迎えに来てくれることになっていた。

雇い主となるオーナーにはまだ、一度も会ったことがない。長兄から写真を見せてもらい、当日は駅前で待っているからと言われた。髭面《ひげづら》に強面《こわもて》、プロレスラーのようなガチムチ体型の男だったが、辺りにそれらしい人物は見当たらない。

（どうしよう、電話した方がいいのかな）

オーナーの携帯電話と店の固定電話の番号は、あらかじめ聞いている。まず、携帯電話にかけてみるべきか。いや、車の運転中だったら迷惑だろうし。お店は少人数で回していると聞いたから、やはりかけたら迷惑だろうか。

——常識ってものがないんだよ。今まで俺が、一緒にいてどれだけ恥ずかしい思いをしたかわかる？

混乱しかけた頭に、またあの声が蘇《よみがえ》る。心臓がドキドキと嫌な鼓動を立てた。

どうしよう、どうしよう。

「おい、あんた……おい！」

突然、耳元で大きな声がした。怒ったような男の声で、伍夏は「ひっ」と悲鳴を上げて竦《すく》み上がった。

逃げるように足を進めながら振り返ると、見知らぬ青年が怖い顔をしてこちらを睨《にら》みつけている。

俳優みたい、と伍夏がその顔を見て思ったのは、相手が端整な顔をしていたのと、目元がきりっとしていて、ものすごく目力があったからだ。身長も高く、すらりとしている。

そんな、モデルか俳優みたいな青年が、何やら怒っている。もしかして、知らないうちに非常識なことをしてしまったのだろうか。

「ごめ……ごめんなさい」

力のある二つの目から視線を逸《そ》らし、おどおどとその場を離れようとした。だがすぐさま、青年が肩を摑《つか》んで引きとめる。

「ちょっと、待てって」

苛立《いらだ》った声が怖かった。すみません、とひたすら謝った。わざとじゃないんです、と弁解すると、「はあ?」ともっと苛立った声がすぐさま被《かぶ》さってきた。怖い。

「何を勘違いしてるのかわからないけど、少しは人の話を聞けよ」

「すみま……」

「謝るなって」

怖い顔で畳みかけられて、頭の中が真っ白になった。思考が停止して、その場に立ち尽くす。呆然《ぼうぜん》と見上げる伍夏を見て、さすがに相手も呆《あき》れたのだろう。睨むのをやめて視線を足元に落とすと、深いため息をついた。

「あんた、八野《やの》君だろ。八野伍夏君。この時間に着くって聞いて、迎えに来たんだけど」

「あっ……」

バイト先の迎えだったのか。どうして呼び止められたのかがようやくわかって、身体《からだ》の力が抜けた。

「俺は黒沢和臣《くろさわかずおみ》。君と一緒に入ったアルバイトだ。花山《はなやま》さんが迎えにこれないんで、かわりに来た。信用できないなら、彼に電話して確かめてくれていい」

番号知ってるだろ、と素っ気ない口調で言う。花山さん、というのはアルバイト先のオーナーだ。伍夏は慌てて首を横に振った。

「いえ、いいです」

「そう？　さっきから呼んでるのに、ガン無視するからさ。怪しまれてるのかと思った」

まったく気づかなかった。すみません、と口の中で呟《つぶや》く。声が小さかったのか、和臣はすいっと身体の向きを変えて「じゃあ、こっち」と歩き出した。伍夏はスーツケースを引いてそれを追いかける。長身の彼と、身長が百七十センチに少し満たない伍夏とは足の長さも違っていて、かなり急ぎ足で歩かなければならなかった。

和臣は一度も振り返らないまま、ロータリーの端にある駐車スペースまで歩き、そこに停めてあった空色のワンボックスカーのドアを開けた。

「スーツケースは適当に載せて」

素っ気ない説明に中を覗《のぞ》くと、そこにはすでに、トイレットペーパーや洗剤、食材などが積まれていた。隙間《すきま》はわずかで、スーツケースを置くスペースはない。途方に暮れていると、運転席に座ろうとしていた和臣がこちらに戻ってきた。

「荷物は適当にどけていいから」

言いながら、自分でスーパーの袋を端に寄せ、スペースを作ってくれた。ありがとうございます、と礼を言い、伍夏はスーツケースを上に載せようとした。

しかし、長期旅行用の巨大なスーツケースは重い。もたもたしていると横から長い腕が伸びてきて、ひょいっとスーツケースを中に納めてくれた。意外といい人かもしれない。

「ありがとうございます。すみません」

「見たまんま、非力そうだな」

ぼそりと言われて、伍夏は小さく「すみません」と呟いた。

自分がまったく男らしくないのは、自覚している。身長だって高くないし、身体つきも筋肉はあまりついていなくて、頼りなげだと思う。

高校一年くらいまでは、たまに女の子に間違えられた。長い睫毛《まつげ》にぱっちりとした目、小ぶりな口元は女性的で、小さい頃から可愛いとか美少年だとか褒めそやされてきた。だからきっと、容姿は悪くないのだろう。だが、それだけだ。

——中身がないんだよ、伍夏は。

またあの声がして、鞄の紐をぎゅっと握った。そのまま自分の世界に入りかけ、だめだと我に返る。

助手席に座ると、運転席に着いていた和臣がすぐに「シートベルト締めて」と指示してエンジンをかけた。慣れた様子でハンドルを切り、ロータリーを出る。

その横顔を、伍夏はそっと窺《うかが》った。

(カッコイイな)

改めて見ても、端整な顔立ちをしていた。シンプルなTシャツとジーンズなのに、雰囲気があってつい、見惚《みと》れてしまう。真っ黒な瞳《ひとみ》は意思が強そうで、きっとこの人は他人から何か言われても、容易に傷ついたりしないのだろうなと思った。何もかも、自分とは正反対だ。

(上手《うま》くやっていけるのかな)

帰りたい、とひっそり考える。せっかくバイト先を紹介してもらったのに、着く前からこんなことでは良くないと思うのだけど、不安でたまらなかった。


伍夏のアルバイト先となる『はなカフェ』は、在来線の駅から、車で三十分ほどの山の麓《ふもと》にある。同じ敷地に『民宿ハナハナ』という宿があり、花山というオーナーがこの二つを経営していた。

周りにテーマパークや大きな観光施設はない。スキー場からも遠いから、冬場のスキー客は見込めないだろう。別荘地というわけでもないが、この辺りは有名な戦国武将がいた土地で、この武将を題材とした大河ドラマもある。近年ではゲームのキャラクターになったこともあり、いわゆる「歴女」などの歴史好きがこの辺一帯を観光して回るのだという。

近くには飲料メーカーの工場施設や中堅企業もあり、出張で来るサラリーマンも少なくない。結果として、民宿はオープンから八年続いていて、カフェも四年目だといい、夏場だけとはいえアルバイトを雇う余裕はあるのだから、それなりに客が入っているようだ。

ただ、伍夏はそれ以上のバイト先の詳細は聞かされておらず、面接すらなく、大学が夏休みの一カ月間だけ、アルバイトをすることになった。

『花山さんは人格者でね。面倒見が良くて楽しい人だよ。他のスタッフも気のいい人たちだっていうから、とりあえずやってみれば』

長兄がそう言っていた。花山は、兄の高校時代の二年上の先輩なのだそうだ。末っ子の伍夏と十五歳も離れた長兄の敬一《けいいち》は、四人の兄弟姉妹の中で誰よりも伍夏に甘い。その兄が勧めるのだから、決して悪いところではないはずだ。そう考え、話に乗ることにした。

しかし今、まだ店にも辿《たど》り着かないうちから、不安でいっぱいになっている。

（いや、まだどんなところかわからないけど）

伍夏はちらりと隣の運転席を見た。同じアルバイトだという和臣は、カーナビも使わずに慣れた様子で運転を続けている。

先ほどから、運転の邪魔にならない程度にぽつぽつと話しかけてみるのだが、一向に会話が弾まない。

和臣が悪いわけではない。彼は話しかけたことに応えてくれるのだが、口調が素っ気ないせいか、返ってきた言葉に伍夏が怖気《おじけ》づいてしまうのだ。次は何を話したものかと、ちらちら窺ってみるものの、和臣は会話が弾まないことなどいっこうに気にしていない様子だった。

（これからずっと二人で過ごすのに、ビクビクしてちゃダメだよ……）

そう、これから一カ月、この和臣と寝起きをし、一緒に働いて食事だって摂《と》るのだ。

「あんたは俺と同室だから」

先ほどさらりとそんなことを聞かされて、てっきり個室がもらえると思っていた伍夏はびっくりした。だがそれを口にすると、「そんなわけないだろ」と返される。

「デカいホテルならともかく、個人経営の店なんだから、従業員に個室与えられるほど部屋数はない。相部屋が基本だ」

初めて聞く話に、なるほどと納得するが、一カ月もの間、他人と同じ部屋で暮らすなんて今まで経験したことがなかった。しかも和臣は、今までの友人にはいなかったタイプで、仲良くやっていけるのか不安でたまらない。

（迷惑かけないようにしなきゃ）

助手席で密《ひそ》かに誓う傍らで、和臣がゆっくりとハンドルを切る。駅を出て少し経《た》つと、店らしい店はなくなった。二車線道路の両脇に田畑が広がり、その間にぽつぽつと民家が建つ。

その向こうには、なだらかな山の稜線《りょうせん》が伸びていた。

車はしばらくして再び道を逸れ、雑木林に囲まれた、車一台分ほどの細く緩やかな坂道になった。

「着いたぞ」

和臣が言った。どこが、と思った矢先に道が開け、コバルト色の屋根のログハウスが見えた。

「……わあ」

目の前に広がる風景を見た途端、不安で縮こまっていた心がふわっと解《ほど》けた。

白と青がところどころに使われたカントリー風のログハウスは、長い庇《ひさし》と広いウッドデッキを持ち、お洒落《しゃれ》でモダンな、女の子の喜びそうな可愛らしい構えだった。道から敷地に入ってすぐの場所は十台ほど車が停められる駐車スペースになっていて、屋根と同じコバルト色の店の扉には、手書き風のロゴで『はなカフェ』という木のプレートが掛かっている。

素敵な場所だ。それまでの不安も忘れ、思わず笑顔になった。

「雰囲気のあるお店ですね」

やや興奮気味に運転席を振り仰いだが、和臣は「女性に人気があるみたいだな」と冷静な口調で言うだけだった。その温度差に、気持ちがしゅんと萎《しぼ》む。また、空気を読まずに突っ走ってしまった。

大人しくしていよう、と伍夏は口をつぐむ。せっかく兄が紹介してくれたのだ。おかしな奴を雇ってしまったと思われたくない。

車は店の前を通り過ぎ、店の裏手で停まった。そこにも小さな駐車スペースがあり、目の前が店の勝手口になっている。

「雑木林で見えにくいけど、その先に民宿がある。後でそっちも案内する。たまにスタッフの行き来があるから」

「は、はい。よろしくお願いします」

和臣の動きは機敏で無駄がない。説明をしつつも、車から伍夏のスーツケースや買い出しの袋を次々に下ろしていく。

「あの、俺も運ぶの手伝います」

いくつもある重そうなスーパーの袋を、まとめて持ち上げるのを見て、伍夏は慌てて手を出そうとした。

「慣れてるから平気。自分の荷物運びな」

淡々と言い、すたすたと勝手口へ向かう。和臣は一度も振り返らず、あっという間に勝手口の奥へ消えた。かと思うとまたすぐに戻って来て、伍夏がもたもたとスーツケースを運ぶのを手伝ってくれた。勝手口には三段ほどの階段があったが、伍夏が両手で持ち上げようとするのを、横から片手でひょいと持ち上げて運んでくれた。

「ありがとうございます」

素っ気ないけど優しい人らしい。ホッとしていると、「いいから早く入って」と言われてしまった。優しいのか冷たいのかわからない。

急いで店の中に入る。と、ドアをくぐった途端にふわりと甘い匂《にお》いが香った。ひんやりと適度に効いたクーラーが心地いい。

勝手口を入ってすぐにカウンター式のキッチンがあり、業務用とおぼしきコンロの上で底の深いフライパンが微《かす》かに音を立てていた。甘い匂いは、そこからしているようだ。

カウンター越しに覗く店内は、やはり女性が喜びそうな可愛くてお洒落なカントリー風で、小ぶりなログテーブルが十個ほど互い違いに並んでいた。各テーブルにそれぞれ色の違うクロスが敷かれ、真ん中に小さな花が飾ってある。

客の姿はなく、真ん中のテーブルで従業員とおぼしき細身の男性が一人、こちらに背を向けて食器を片づけていた。

「ただいま帰りました」

和臣がその背中に向かって、几帳面《きちょうめん》な挨拶《あいさつ》をする。

「お帰り」

くるりと男が振り返った。男性だと思ったら女性……ではなく、やっぱり男性だった。

綺麗《きれい》な人だな、と伍夏は思わずその微笑に見惚れる。よく見れば男性だとわかるけれど、声も風貌《ふうぼう》も涼やかで、どこか女性的だ。

「あ、伍夏君だね。こんにちは」

「は……初めまして。八野伍夏です。今日からよろしくお願いします」

人懐っこい笑顔に無意識に引き込まれ、それから慌ててお辞儀をした。

「はい、初めまして。僕は店長の木戸《きど》怜司《れいじ》といいます。こっちはもう一人のバイトの、黒沢和臣。って、紹介した？」

「ええ、まあ。とりあえずは」

にこにこと話しかける怜司に対し、和臣はやはり淡々とした口調で、買い出しの袋の中身をキッチンの冷蔵庫に詰めている。この人は誰に対してもこうなのだな、と妙に感心した。

「あともう一名、カフェのメンバーがいるんだけど。今は出かけてるから。帰ってきたら紹介するね」

どうやらカフェのスタッフは、伍夏も含めて四人らしい。

「いきなり知らない奴が迎えに来て、驚いたでしょう。ごめんね。花山に用事が入っちゃってね。後で花山や、宿の連中も紹介するけど。まずはこの店の案内からかな。あ、ここの二階が住居になってて、伍夏君はそこを使ってもらうから」

「は、はい」

相部屋は不安だが、こんなに可愛いログハウスに泊まれるのは嬉しい。「こっちだよ」と、フロアの端にある階段へ向かう怜司に、いそいそと付いていった。ちらりと振り返ると、和臣は怜司が下げてきた食器を黙々と片づけていた。

重いスーツケースをどうにか運んで二階に上がる。一部が吹き抜けになっていて、甘い匂いはこちらにも香ってきていた。ググッ、と唐突に腹が鳴る。先を歩いていた怜司が、くすっと笑った。

「案内が終わったらお昼にしようね。昼ご飯、まだでしょ」

腕の時計を見ると、一時前だった。電車の時間が中途半端だったので、昼食は食べていない。さっそく賄《まかな》いが食べられるのだと、ちょっとワクワクする。

「北側がお風呂とトイレ。で、こっちが君たちの部屋」

二階はバストイレの他に、一室だけ。通されたその部屋は思ったよりもずっと広かった。両端にベッドが二つ置かれていて、小ぶりな簞笥《たんす》もベッドの足元に用意されている。中央には丸いローテーブルが置かれており、そこが境界線だというように、右半分は和臣のものと思われる私物がきっちり並んでいた。部屋の左右に窓が付いていて、右側の窓辺にはもう一つ、四角いローテーブルと座椅子が置かれていた。

「見ての通り、右側は和臣のスペースね。左半分は自由に使っていいから。君の荷物も運んでおいたよ」

なるほど左側の簞笥の前に、ダンボール箱が三つ積まれている。やっぱりちょっと多かったかな、と右側の整然とした空間を見て思った。

「わりといい部屋でしょ。相部屋なのが申し訳ないけど」

「木戸さんともう一人の方は、ここには住んでいないんですか」

もう一人、と伍夏が言った時、なぜか怜司はちょっと笑った。

「怜司って呼んで。民宿の一部が住居になってて、僕とその、『もう一人の方は』そこに住んでるよ」

夜は本当に、和臣と二人きりなのだ。彼とプライベートで、何を話せばいいのだろう。不安が表に出ていたのか、怜司はくすっと笑った。

「ちょっと愛想がないけど、和臣は意外といい奴だから。いじめなんかはないから、安心して。でももし、何かあったら遠慮せず僕に言って」

優しい微笑《ほほえ》みに、少し心が軽くなった。それに思ったよりも部屋は広いし、バストイレも綺麗で使いやすそうだ。

スーツケースを部屋に置くと、二人は一階に戻った。キッチンでは和臣が洗い物をしている。甘い匂いが相変わらず香っていた。

「着いて早々だけど、昼食を食べながら、ざっとオリエンテーションをさせてもらうね。伍夏君、アレルギーはないって聞いてるけど、パンケーキは食べられる？」

「好きです」

大好物だ。大きくうなずいてから、先ほどから香ってくる甘い匂いは、パンケーキを焼く匂いだったのだと気がついた。

　怜司がキッチンに向かって「和臣」と声をかけると、和臣は「できてる」と心得たように答える。伍夏はキッチンに近い二人席に誘導され、怜司と向かい合わせに座った。和臣がトレイを携えやってきて、伍夏の前に置く。思わず目が吸い寄せられた。

　スープと小鉢を両脇に添え、どんと中央に置かれた皿は、厚さが三センチ以上はあると思われるパンケーキだ。その滑らかな表面にホイップバターがじわりと溶けている。

「これ、食べていいんですか？」

　はやる気持ちを抑えて向かいの席を窺うと、怜司はにっこり華やかな笑みを浮かべ「どうぞ」と促した。

「好き嫌いがなければ食べてみて。お店の味を知っておいてほしいから。スフレパンケーキはうちの看板商品なんだ。はちみつはお好みで。あと、今日のランチに付けるブロッコリーのポタージュスープと小鉢。今日の小鉢は何？」

「ラタトゥイユ」

　怜司が聞いて、和臣が答える。和臣が作ったんだよ、と小鉢を指して怜司が言った。伍夏は目を丸くする。アルバイトだと言っていたけれど、本業は料理人なのだろうか。

　だがともかくも、大好物のパンケーキを早く食べたい。しかも、このスフレ型のパンケーキを食べるのは初めてなのだ。いただきますと言うなり、ハニーピッチャーに入った黄金色のはちみつをたっぷりかけ、パンケーキをほお張った。

「美味《おい》しい！」

分厚いパンケーキは、外はさっくり、中はふわふわだ。バターの塩気とはちみつのとろりとした甘みが混ざり合い、ふんわりパンケーキの香ばしさが広がる。はちみつは味も香りもとても濃厚だった。思わず興奮した声を出してしまい、慌てて縮こまった。

「大きな声を出してすみません。……でも、美味しいです、すごく。はちみつも濃くて」

「そう言ってくれると嬉しいな。はちみつは近くの養蜂場《ようほうじょう》から仕入れてるんだよ」

スープとラタトゥイユも食べてみる。どちらも丁寧に作ってあって、とても美味しい。こんなカフェが地元にあったら、絶対に通い詰めている。

「まあ見ての通り辺鄙《へんぴ》な場所にあるから、お客さんの入りは日によってまちまちなんだ。この一週間くらいはそんなに忙しくならないから、その間にできるだけ仕事に慣れるといいね」

昼食を摂る伍夏の向かいで、怜司は和臣が運んできたコーヒーを飲みながら、仕事の説明をしてくれた。

『はなカフェ』の主要な客は、ここから目と鼻の先にある『民宿ハナハナ』の宿泊客で、宿泊プランによってここで食事を提供しているのだそうだ。

朝食と夕食時は宿泊客が集中する。昼は地元民や、観光客が立ち寄るケースが多い。ここ数年はグルメサイトや雑誌にも取り上げられて、連休や夏休みのこの時には、列ができることもあるのだとか。

「接客の経験はないんだよね？　じゃあまずは、キッチンで裏方の仕事かな。慣れて来たらフロアに出てもらおう。大丈夫、焦らず覚えてくれればいいからね」

怜司の言葉は優しくて、何もかもが初めてで不安な伍夏の心を軽くした。それに、こんなに素敵なカフェで働けるのだ。もしかしたらまた、美味しいパンケーキが賄いに出るかもしれない。

現金なことを考えてワクワクした。

「僕も一から教えるし、和臣は今年で三年目のベテランだから、頼りになるよ」

どうりで手際がいいはずだ。感心していると、和臣は肩をすくめた。

「三年目っていっても、俺も夏の間の短期バイトだから。去年と一昨年の夏、ここで働いたことがあるってだけ」

「でも優秀だよ。調理場のバイト経験があるから、料理も得意だしね。今、二十三歳だから……伍夏君より三つ上だっけ。同じ大学だから、話も合うんじゃないかな」

もっと年上だと思ったから、少し驚いた。しかも同じ大学だという。和臣もそれは初耳のようで、「そうなのか？」と眉《まゆ》を引き上げた。

「俺は法学部の三年だけど」

「あ、俺は文学部の二年です」

どちらの学部も都内の同じキャンパスにあるが、広い大学だから今まで顔を合わせることもなかったのだろう。

（こんなにかっこいい人、一目見たら忘れないだろうけど。でももしかしたら、どこかで会ってたのかもしれないな）

それでも四月までの自分は、和臣に気づかなかっただろう。あの頃は目が開いていながら、何も見えていなかった。ただ一人の人しか、目に入っていなかったのだから。

思い出すな、と心の声が警告する。思い出したって得などありはしないのに、気づくとまた彼のことを考えてしまう。バイトを頑張ろう、と伍夏は発奮した。

「今日は少しの時間カウンターに入ってもらって、お店の雰囲気を感じてもらおうかな」

よろしくお願いします、と答えた時、勝手口から犬の吠《ほ》え声がした。

「ああ、帰ってきた。うちのもう一名のスタッフ。彼もとてもいい奴だよ」

怜司がいたずらっぽい顔で言い、和臣は犬の声にこたえるように勝手口のドアを開けていた。裏の駐車場から「ただいまー」と、のんびりした男の声がする。ひょい、と顔を出した男の顔を、伍夏は知っていた。このカフェのオーナー、花山だ。

「あ、君が伍夏君？　今日は迎えに行かれなくてごめんね」

悪役プロレスラーのような大柄で強面の男は、伍夏の顔を見るなり人懐っこい笑顔になった。彼がカフェのメンバーなのか、と納得しながら席を立って挨拶する。

「今日からお世話になります。よろしくお願いします」

ぺこりと頭を下げた時、勝手口に立つ和臣の横に、大きな犬がいるのが見えた。はちみつ色のゴールデンレトリバーで、自ら雑巾《ぞうきん》で足をゴシゴシ拭《ふ》いている。

「犬……」

「れんげ、っていうんだ。うちの看板犬。彼がうちのもう一人のメンバーだよ」

怜司が紹介すると、れんげはパタパタと愛想よく尻尾を振った。

「花山さん、れんげは大丈夫だったんですか」

「うん。和臣が言ってた通り、耳の中に傷が付いてたよ。かさぶたになってて、それが痒《かゆ》かったんじゃないかな。自分で引っ掻《か》いたんじゃないかって。塗り薬もらってきた」

花山はれんげを連れて、動物病院に行っていたのだそうだ。それで和臣が代わりに伍夏を迎えに行くことになったのだという。

「ごめんね。花山はれんげにベタ甘でね。ちょっとでも様子がおかしいと、心配でたまらないんだ」

そういう怜司も、優しい目でれんげを見ている。伍夏も犬は好きだ。目が合うと、れんげが尻尾を振って寄ってきた。人懐っこい犬だった。物怖《ものお》じしないし、きらきらした真っ黒な目で見上げる姿はとても愛らしい。

「確か君のうちでも、同じ犬種を飼ってたんだよね。モモちゃん、だっけ」

そう言ったのは怜司だ。どうして知っているのだろう。

「僕も花山と同じ高校でね。敬一の同級生」

とすると、怜司も三十五歳ということになる。もっとずっと若く見えた。

「敬一から聞いてない？　俺たち前から知り合いなんだよ。あいつからくれぐれも君をよろしくって言われてるから。何かあったら、このおじさんたちに相談してね」

花山が自分と怜司を指して言うと、怜司が「おじさんて言うな」と突っ込む。オーナーと店長はとても仲が良さそうだ。

二人とも優しそうだし、きっと和臣もいい人なのだろう。可愛いれんげもいる。うまくやっていけそうだと、その時の伍夏は安堵《あんど》していた。


うまくやっていけないかもしれない。「はなカフェ」に着いた数時間後、伍夏はすでに地の底まで落ち込んでいた。

「……うん、大丈夫。いいところだよ。民宿もカフェもログハウスでできてて、すごくお洒落なんだ。今日も着いてすぐ、三時間くらい働いたんだ。俺でもうまくやっていけそうだよ。みんないい人たちだし、大きな犬がいて……うん」

電話越しに、伍夏はなるべく明るい声を出す。電話の向こうからは、祖母の心配そうな声が聞こえた。少しでも泣き言を言ったら、すぐに帰って来いと言われそうな勢いだった。さすがにそんな無責任なことはできない。

夕方まで働いた後、民宿の従業員を紹介してもらい、賄いの夕食を食べてその日は終わりだった。まだ七時だ。和臣や怜司はまだ店で働いているが、伍夏は初日ということで解放された。

家族が心配しているだろうと電話をかけてみたが、思った通り、大丈夫か困ってないかと入れ替わり立ち替わり心配される。最初は母が出て次は祖父、今は祖母だ。父はまだ仕事から戻っていないが、いたら間違いなくこの電話に加わるだろう。

次兄の三津也《みつや》と次姉の春世《はるよ》はすでに帰宅していて、電話の後ろで過保護だ放っておけと叫んでいるのが時々聞こえた。長兄の敬一と長姉の二葉《ふたば》は結婚して実家を出ている。

「うん。え、二葉ちゃんから連絡があったの？　わかった。一兄と二葉ちゃんにもメールしておく。じゃあもう、お風呂に入るから」

もう一回、祖父《じい》ちゃんに代われという祖父の声が聞こえたので、伍夏は慌てて電話を切った。下手をすると、祖父母と母の間でぐるぐると電話が回り続けることになる。

電話を切るとすぐに、実家にいない兄と姉にメールをした。昼間は二葉から実家に、伍夏の様子をたずねる電話があったという。

「本当にみんな、過保護だよなあ」

もうすぐ二十歳になるというのに初めてのアルバイトというだけで、家族全員が心配している。住み込みということもあるのだろうが、それにしてもやっぱり、心配のしすぎではないかと思わないこともない。

ちょっと鬱陶しいなと思いつつ、それでも家族が心配してくれていることに、ホッとしたり嬉しいと思ったりしている自分が情けなかった。

……お前、何にもできないんだな。

さっき和臣から言われた言葉が、まだ胸に刺さっている。いっそ感心するような、珍しいものでも見る目だった。

怜司からざっと説明を受けた後、夕方までカウンターに入って和臣の手伝いをすることになった。まずは自分が食べた賄いの皿を洗うことから。誰にでもできる簡単な仕事で、しかもキッチンには食洗器が付いている。下洗いして放りこむだけ。なのに、そんな簡単な仕事が伍夏にはできなかった。

まず、食洗器に入れる前に皿を落として割った。割れた皿を片づけるのにもたついてしまい、見かねた和臣に「俺がやるから」と言われてしまった。残りの小鉢を食洗器に入れて取り出したが、これを食器棚に片づける前に、また落として割ってしまった。

「一度やったんだから、気をつけろ」

和臣に注意され、身体がカチコチに固まった。気をつけなきゃ、次は絶対に割ってはいけない……と緊張していたら、冷蔵庫から出してと頼まれた卵を落として割ってしまった。その時点で、和臣はかなりイライラしていたと思う。

最初だから仕方がないよ、と怜司は言ってくれたけど、内心では呆れているだろう。それから三時間、正確には二時間半、言いつけられたことはどれ一つ満足にできなくて、最後に和臣から、何もできないんだなと言われてしまった。

怜司が今日はここまで、と予定より三十分ほど早く終了にしたのは、あまりにも使えなかったからだろう。実際、伍夏のせいで夕方の仕込みが大幅に遅れていた。

自慢ではないが家ではすべて人任せで、お手伝いをしたことがなかった。子供の頃は病弱で寝てばかりだったし、祖母と母が家事を切り盛りしていたから、手を出す隙がなかったというのもある。

それでも、上の兄弟たちはみんな一通り家のことができるから、今まで伍夏が甘えすぎていたのだ。

（こういう甘えも直さなきゃ）

明日からはもっと注意して、失敗しないようにしよう。ウジウジと悩んでしまいそうになり、慌てて自分を奮い立たせる。

今のうちに、自分にできることはないだろうか。明日は朝の六時から仕事だと言っていた。

五時には起きていないといけない。

耳を澄ますと、階下からはまだ人の声や食器の重なる音が聞こえる。怜司も和臣もまだ働いている。店は八時までだから、そろそろ後片づけをして店を閉める頃だろう。

少し考えて、風呂に入ることにした。和臣と風呂の時間がかち合わないように、先に入っておいた方がいいと思ったのだ。

着替えと、家から持参したお風呂セット一式を持ってバスルームへ向かい、手早くシャワーを浴びた。浴室に洗濯機が置かれているのを見て、洗濯をしようかとも考えたが、使い方がわからない。後で聞かなければ。

部屋に戻り、荷物の中からドライヤーを発掘して髪を乾かす。さっぱりすると、気持ちが少し上向いた。同時に、今日の疲れが押し寄せてきて一気に眠くなる。

荷物を整理しなくてはならないが、眠気に抗《あらが》えず、ちょっとだけ休もうとベッドに横になった。枕に頭を乗せた途端、すうっとカーテンを引くように意識が遠のいていく。

「……呆れたな」

しばらくして、和臣の低い声がした。

「怜司さん、こいつ寝てますよ。ちゃっかり風呂にも入ってるし」

「いいじゃない。寝かせておいてあげなよ。初日で疲れちゃったんだね」

「疲れるほど仕事してましたっけ、こいつ」

その言葉にぎくりとする。眠りから一息に覚醒《かくせい》した。

「すみません、俺！」

がばっとベッドから跳ね起きると、戸口に立っていた二人が驚いた顔をしていた。一拍おいて怜司が安心させるように微笑む。

「いいよ。疲れてたんでしょう。明日のことで簡単に連絡しておこうと思っただけだから、大丈夫。明日の午前中は僕と一緒に働いてもらうね。朝六時に下に集合」

寝起きで頭がついていかない。本当は、今から何か手伝うことがあるのではないだろうか。それとも風呂に入らずに、下を手伝うべきだったのか。もしかしてまた、自分は非常識な行動をとったのではないか。いや、きっとそうだ。

「伍夏君？　いいかな？」

確認されて、内心でおろおろしながらうなずいた。眠ってしまってすみませんと言わなければ。もしくは今から手伝います、とか。

「おい、返事くらいちゃんとしろよ。わかったのか、わからないのか」

怜司の隣から和臣が厳しい声を上げる。確かにその通りだ。謝らなきゃ。いや、返事が先だ。

「おい」

「ひゃっ、ひゃいっ」

慌てたせいで、おかしな声になってしまった。和臣はやってられない、というようにため息をつく。怜司も苦笑した。

「じゃあ、今日は解散。和臣も。君は先輩で伍夏君は初めてなんだから、もう少し言い方を考えて」

「わかりました。気をつけます」

和臣が素直に答えると、怜司はどちらにともなく「それじゃあお疲れ様。おやすみなさい」と挨拶をして下に降りて行った。

その後ろ姿をしばらく見送っていた和臣は、やがてのっそりと部屋に入ってくる。和臣が長身のせいか、急に部屋が狭くなった気がした。

何か言われるかと身構えたが、和臣は自分のスペースまで行くと収納棚から着替えを取り出し、「風呂、借りる」とぶっきらぼうに言ってまた部屋を出て行った。バスルームのドアを開閉する音がして、伍夏はようやく息をつく。

「緊張する……」

枕元に置いた目覚まし時計を見ると、十時前だった。明日は五時に起きるとして、そろそろ寝た方がいいだろう。だがその前に少し、荷物を整理しておいた方がいいかもしれない。

ベッドから降りて、ごそごそと段ボールやスーツケースを開けていたら、和臣が濡《ぬ》れ髪をバスタオルで拭きながら帰ってきた。時計を見ると十分ほどしか経っていない。下はスウェットのズボンをはいているが、上は何も身に着けていない。しっかりと筋肉のついた、逞《たくま》しくも美しい裸体に一瞬、目を奪われた。はっと我に返り、引きはがすように視線を逸らす。変に思われなかったかな、とドキドキしたが、和臣はまったく気にかけていない様子だった。

「お前さ。風呂入る時、タオルはどうしたんだ？」

「え、タオル……は、自分のバスタオルを使いました」

タオルだけでなく、その他の物もすべて持参した物を使った。勝手に人の物を使ったりはしていない。おろおろと言うと、「いや、そうじゃなくて」と和臣は頭を掻いた。

「そっか、怜司さんも説明してなかったのか。俺が後でするかと思ってたんだな。ちょっと、こっち来て」

呼ばれて、飛び跳ねるように和臣の後を追う。何か、またまずいことをしたのか。緊張していると、「だから、怒ってるわけじゃないから」と言われた。

「ここ。この上の棚にフェイスタオルとバスタオルが入ってる。数が限られてるから、あんまり一度に大量に使われると困るけど、自由に使っていい。シャンプーとかボディソープももちろん、自由にしていいし、ストックはこっちの棚。ストックがなくなったら次を買い足すから、忘れずに言うこと。ここまでいいか？」

「は、はい」

さっき怜司に注意されたからか、和臣の口調が少し柔らかい。そうか、お風呂セットは持ってこなくても良かったのか。

「もしかして、シャンプーとかも家から持ってきたのか」

「はい……」

シャンプーどころか、トリートメントとボディソープとハンドソープ、ボディスポンジと入浴剤まで持ってきた。それも一カ月暮らすことを考えてストックまで。伍夏の表情からなんとなく察したのか、和臣は微妙な顔をして頭を掻いた。

「まあ、シャンプーなんかは各自でこだわりがあるかもな。とにかく、ここにあるのは寮の備品てことで、自由に使っていいから」

和臣はタオルが減っていないのを見て、気を回してくれたらしい。

「ありがとうございます」

「あとは洗濯かな。去年はもう一人と交替でお互いの洗濯物洗ってたんだけど。別々がいい？」

俺はどっちでもいいよ、と言われて、去年と同じでいいです、と答えた。

「サンキュ。俺もそっちのが助かる。じゃあ、まずは俺が当番やるから、汚れものは明日の朝、俺が起きるまでに出しておいて」

それに「はい」と返事をして二人で部屋に戻り、他にもいくつかルールを決めた。トイレと風呂の掃除当番、遅番と早番があるが、互いに目覚ましは遠慮せずにかけること。部屋をあまり散らかさない。

「あと、最初は敢《あ》えて引かないでおいたけど、真ん中をカーテンで間仕切りすることもできる。俺は遅くまで起きてるから、部屋が暗くないと眠れないって場合は言って」

相手が指で指し示す方を見ると、部屋の真ん中から間仕切りできるよう、天井にカーテンレールがついていた。

「えっと、とりあえずは今のままで大丈夫です」

何となく、初日から部屋を分けてほしいと言うのも相手に悪い気がして、伍夏はそんな風に答えた。

「そう。じゃあこのままで」

和臣が言い、くるりと後ろを向いた。また収納棚を開けて、今度は何かテキストのようなものと、筆記用具を出した。彼のベッド脇にある小机にそれらを置いて、座椅子の前に腰を下ろす。小机に置かれた小さなスタンドの明かりを点《つ》けた。どうやら、これでルール決めの話は終わったらしい。

「あ、天井の電気は適当に消して。スイッチは入口のそこ」

そっけない口調だ。ひょっとして、和臣は真ん中にカーテンを引いてほしかったのだろうか、伍夏に遠慮したのかもしれない。……などということをちまちま考えていると、和臣がまたくるっとこちらを向いて「おやすみ」と言った。それから伍夏の存在などないかのように、テキストを開いて目を落とす。

どうやら彼はこれから、勉強をするらしい。何の勉強かわからないが、すごいなと思った。

伍夏も「おやすみなさい」と答え、ベッドに転がった。本当は荷物を整理しなければならないのだが、隣でガサガサやっていると勉強の邪魔になる気がする。

どうしたものかと思案した時、ブブッ、と小さくバイブ音が聞こえた。音がした方へ顔を上げると、和臣が自分の携帯を手にするところだった。ディスプレイを見て、小さく舌打ちする。さっと立ち上がると部屋を出て行った。

「……もしもし。何」

その声が不機嫌そうで、びくっとする。トントンと階段を下りる音がして、和臣は気を遣って一階に降りたらしかった。

「ちゃんとした人、なんだよな」

ふうっと、今日何度目かの深い息を吐きながら、一人呟く。気遣いもできるし、真面目そうだ。でもやっぱりそっけなくてちょっと怖い。もともとああいう人なのか、それとも伍夏に対して何か思うところがあって怖い態度なのか、よくわからない。

いくら考えてもわからないから、考えるだけ無駄なのだろう。今からくよくよ細かいことを気にしても仕方がない。とにかく今日は早く寝て、明日に備えなければ。

天井の電気を消して再びベッドに転がったが、今度はトイレに行きたくなった。廊下に出ると電話の会話が聞こえてしまいそうなので、帰ってくるまで待とうと思ったが、いつまでも和臣は戻ってこない。

我慢できなくなって、伍夏はそっと廊下に出た。

「バイトなんだから、会えないのは仕方ないだろう。……そんなことは言ってねえよ」

下から低い声が聞こえてくる。声を抑えているようだが、周りが静かなのと、和臣の声がもともとよく通る声質なので、はっきり聞こえてしまう。話の内容からして、電話の相手は恋人らしい。こんなに男前なのだから、恋人くらいいるだろう、と妙に納得した。

なるべく話を聞かないよう、そそくさとトイレに入った。だが用を足して再び廊下に出た途端、また和臣の声が聞こえてしまう。

「わかった。何を言っても無駄みたいだな。……別れよう」

最後の言葉にどきりとした。ものすごく深刻な話を聞いてしまった。慌てて部屋に飛び込もうとしたが、伍夏の背中を追いかけるように声が響いた。

「無理だよ。お前とはもう終わりだ」

冷たい声に胸がズキズキした。他人の別れ話なのに、泣き出しそうになる。ベッドに潜り込んで息をひそめていると、やがてトントンと階段を昇る音がして、和臣が戻ってきた。

「変な話聞かせて、悪かったな」

知らないふりを決め込もうと思っていたが、いきなり話しかけられてしまった。布団の中でびくっとする。恐る恐る布団から顔を出すと、和臣は何事もなかったかのように欠伸《あくび》をしていた。

「いえ……彼女さん、ですか」

口から出た声は、少し怒ったようだった。こんな風にあっさり別れを告げる彼に、怒りを感じたのだ。だがそんな感情も、次の和臣の一言で吹き飛んでしまった。

「ああ。っていうか、彼氏な」

さらっと言われて固まった。彼氏。この文脈は、和臣の彼氏、ということだろう。つまり男同士ということで。

無言のままの伍夏に、再び小机に向かっていた和臣は胡乱《うろん》そうに顔を上げた。

「何、固まってんだよ。お前だって同類だろ」

二度目の爆弾を食らった気分だった。

「ど、ど、どう……」

わたわたと、布団の中で慌てる。ぶわっと嫌な汗が出た。

「ん？　自覚ねえのか？　それとも隠しておきたいタイプ？　だったら悪かった。今のは、聞かなかったことにしてくれ」

「……どうしてわかったんですか」

確かに自分はゲイだ。でも別にオネエではないし、男臭くはないけれど女っぽくもないつもりだ。何か無意識に、それらしいことを言ったりしたりしたのだろうか。怜司たちにも知られているのか。

考えて青ざめていると、和臣はそこで気の毒そうな、バツが悪そうな顔をした。

「無神経なこと言って悪かった。自分が隠してないからって、同じように考えるのは良くないよな」

その通りだが、聞きたいのはそこではない。

「どうしてわかったかって、何となくだよ。別にお前がゲイゲイしいってわけじゃないし、ノンケにはまずバレないだろうから安心しな。よく言うだろ。同類は何となく見分けがつくって。俺は特に、そっちの鼻がきくっていうのかな。経験は少なそうだけど、まるっきり処女でもなさそうだから、無自覚ではないだろうなと思ったんだけど」

違ったか、悪いな、とか語尾に付けられたが、ちっとも悪いと思っていなそうだった。経験は少なそうとか、処女ではなさそうとか、さりげなく失礼だ。

「デリカシーがないですね」

睨みつけて詰《なじ》ると、

「ああ、よく言われる」

伍夏の言葉は、和臣の分厚い面の皮にカキンと打ち返された。くわえて和臣は、こちらの憤りなど意に介さず、小机に向かって勉強を始めていた。かと思うと、何かに気づいたように「あ」と顔を上げる。

「別にゲイ同士で同部屋だからって、どうもならないからな。そういうの面倒臭いし、そもそもお前には興味ないから」

「俺だってありません」

即答すると、和臣は「ん」と生返事をしてテキストを読んでいた。本当にデリカシーがない。無神経な男だ。

（最低、ホントに最低！）

頭まで布団を被ると、心の中で繰り返し悪態をついた。和臣の恋人の気持ちを考えて、泣きそうになる。唐突に恋人に振られることが、どれだけ辛いか。

嫌な記憶が蘇りそうになり、心の中でひたすら、和臣への呪詛《じゅそ》をつぶやき続けた。だがその声はいつの間にか、外に漏れてしまっていたらしい。

「俺が最低なのはわかったから。ちょっと静かにしてくれる？」

部屋の端で、面倒臭そうな声が上がった。

二

他人の別れ話に感情移入してしまうのは、自分が傷心の身であるからだ。

伍夏は先月、三年間付き合った彼氏に振られた。唐突な別れだった。

——もう、伍夏にはついていけない。

今でも彼の言葉や表情が忘れられず、不意に思い出しては心臓がぎゅっと痛くなる。

渡邊秀人《わたなべひでと》、というその人は、かつての同級生だった。中学で知り合って友達になり、高校二年生の時に恋人になった。でも伍夏は、中学生の時から秀人のことが好きで、だから告白された時は本当に夢のように幸せだった。

小学生の時から女の子に興味が持てなくて、好きな芸能人も男性ばかりだった。どうしてなのかわかったのは、秀人への恋心を自覚してからだ。

自分は女の子に興味が持てない。いわゆる同性愛者なのだと気づいた時は絶望した。女の子を好きになろうと努力をしたけれど、無駄だった。

女性に対して、まったくエッチな気持ちにならない。なのに男性に対しては、自分でもバカなのかと思うほど過剰に反応してしまう。中学生の思春期真っ只中《まただなか》で、本当に死んじゃおうかと考えるくらい悩んだ。

家族には絶対に言えない。年の離れた五人兄姉の末っ子で、祖父母と両親、兄姉に溺愛《できあい》されて育った。愛情も期待も一心に受けて、みんな伍夏の成功や失敗に一喜一憂する。

過剰に口や手を出すことはないし、甘やかすばかりでもなく、時に厳しくもあるけれど、遠くから見守りながらも、我が事のよう、いやそれ以上に心配する気配がひしひしと伝わってくる。

だからこそ、家族を裏切れない。自分が同性愛者で、多くの人が当たり前だと思う結婚や子供を持つことが叶《かな》わないのだとわかったら。

伍夏のことは、それでも変わらず愛してくれるだろう。でもきっと、すごく悩む。特に祖父母や両親は、どうしてそうなってしまったのか、これから伍夏をどう扱ったらいいのか、伍夏の将来のことを考えて、苦しむはずだ。家の中は暗くなってしまうかもしれない。いつだって明るくて愛情深い、自慢の家族なのに。

このことは絶対に秘密にしておかなければならなくて、それが苦しかったし怖かった。クラスメイトにバレはしないか、家族に気づかれないか。表面上は精一杯、明るく振る舞ったけれど、心の中はギシギシして壊れそうだった。家族は気づかない。気づかれたくないけれど、でも誰にも気づかれないのが苦しい。

そんなどん詰まりだった伍夏を救い出してくれたのが、秀人だった。

「いっちゃんさあ、ずっと悩んでることあるよね」

いつも軽くてチャラくてヘラヘラしている彼が、ある時突然、ひどく真面目な顔をして「話があるんだ」と伍夏を呼び出した。

「前と同じように元気にしてるけど、すごく無理してるだろ。ずっと一緒にいるんだもん、わかるよ。それってさ、俺にも言えないかな」

力になれないかもしれないけど、と控えめに言う。普段はあっけらかんとした彼が、珍しくモジモジしていて、きっとこの話をするのもすごく迷ったのだろうなと思った。

「言ったらきっと、秀ちゃんは軽蔑する。もう友達じゃなくなっちゃう」

今だってもう、自分は彼に、友達以上の気持ちを抱《いだ》いてる。

「軽蔑なんてしないよ。何聞いても友達は友達だよ。例えばいっちゃんが人殺しだったとしても……そりゃあ、ちょっとは引くかもしれないけど。でも友達はやめない。どうしたら上手くいくのか一緒に考えるよ」

彼の言葉に、ぶわっと感情が弾《はじ》けた。気づいたら泣いていた。むせび泣く伍夏の肩を、秀人は辛抱強く撫《な》でてくれた。

「俺、ホモなんだ」

やがてポツリと打ち明けた。自分でもよくわからないけれど、ゲイという言葉を使うのが嫌で、あえてホモだと言った。その方が、軽く聞こえたからかもしれない。

秀人は少しの間、黙っていた。けれど伍夏が不安に思うよりも早く、「そっか」と呟く。

「いっちゃんが好きなのは、男の人なんだね」

その声が優しくて温かくて、また泣いてしまった。ぐしぐしと涙を拭《ぬぐ》う伍夏を、秀人がポンポンとあやすように叩く。

「ちょっと安心した」

「え?」

「何を打ち明けられるのかって、身構えちゃったよ。バカだなあ。そんなことで、いっちゃんを嫌いになったりしないよ」

その一言に、伍夏は号泣した。泣いて泣いて、秀人の胸に縋《すが》ってさらに泣いた。秀人が好きだ。彼を好きになって良かった。

思いきり泣いて、すっきりした。最初の言葉通り、秀人はそれからも変わらず伍夏の友達でいてくれた。伍夏は前よりももっともっと彼を好きになっていたけれど、一生胸にしまっておこうと誓った。この友情を失いたくない。

その後の中学校生活は楽しかった。勉強もして、時には遊んで、高校は秀人と同じ高校を選んだ。二人で相談して決めたのだ。勉強が得意だった伍夏は、教師や家族からもっと高いところを狙《ねら》えばと言われ、逆に勉強が苦手な秀人は無謀だと言われたけれど、とにかく二人で頑張った。互いに合格したとわかった時の、喜びといったら。

高校に上がってからも、秀人は伍夏の親友だった。新しく小池俊《こいけしゅん》というクラスメイトが友達に加わって、三人でいつも一緒にいた。

秀人から告白されたのは、高校二年生の夏のことだ。

「俺、いっちゃんが好きなんだ」

苦しそうに打ち明けられた。今でも彼の表情を覚えている。顔を耳まで真っ赤にして、うつむいたまま、膝《ひざ》の上で握りこまれた拳《こぶし》が微かに震えていた。

「……いつから?」

対する自分の声も震えていたと思う。わずかな沈黙の後、「たぶん、中学の時から」と言われた。

「ずっと、いっちゃんは男なのに可愛いなって思ってた。ゲイだって告白された時も、全然気にならなくて、むしろ嬉しいくらいだった。なんでかってずっと考えてて」

高校に上がって自覚したのだという。それでも気のせいではないかとさんざん自問して、結論を出した。

「俺、いっちゃんが好きなんだ」

繰り返す秀人に、夢みたいだと答えた。自分もずっと好きだったから。

それからは本当に、夢でも見ているみたいだった。人目を盗んで手を繋《つな》ぎ、みんなに隠れてキスをして、高校最後の冬休み、ようやく身体を繋げた。お互いに初めてで、たどたどしく必死で、でも泣きたいくらい幸せだった。

友達の俊とは、二人が付き合い始めてからも普通に友達だった。三人でいる時は、できる限り普通に振る舞っていたと思う。

高校生活はあっという間に過ぎ去り、大学はバラバラになった。どこまでも一緒にいたかったけれど、さすがに高校受験とは違って、好きな人と一緒にいたいというだけで進路を変えるのはどうかと思った。

元から勉強が苦手だった秀人は、高校に上がってますます勉強をしなくなり、受験できる大学があるかどうか、という状況だった。

対して伍夏は勉強だけは得意で、フランス文学とフレンチコミックに傾倒していたこともあって、私立で名門と言われる大学の文学部を志望した。運よく推薦がもらえ、年を越す前に進路が決まっていた。

「大学も一緒だと思ったのに。いっちゃん、冷たいよな」

秀人は不貞腐《ふてくさ》れ、そのことでちょっと喧嘩《けんか》をしたが、それでも二人は恋人のままだった。

秀人はそれから勉強を頑張って、志望校の一つに合格した。俊も秀人と同じ大学に進学した。

別々の大学に入ってからも、秀人とは寸暇を惜しんで会い、付き合い始めと変わらず甘いままだった。伍夏は秀人が大好きだったし、相手もいつまでも同じだと信じて疑うことはなかった。

メールの返信が遅くなり、電話をしても繋がりにくくなったのは、大学一年の冬頃だろうか。その時もまだ、伍夏は「バイトが忙しくなった」という秀人の言葉を信じていた。頻繁に会えなくなった分、久しぶりに会えた時は嬉しくて、秀人に甘えた。そういう態度が、秀人にしてみれば鬱陶しかったのかもしれない。

「もう、伍夏には付いていけないよ」

一カ月前、いきなりそう言われた。確か、夏休みの計画を立てているところだったと思う。その日は映画を見る約束で待ち合わせをして、でもすぐにホテルに行きたいというから、予定を変えて近くのラブホテルに入った。前戯もなく、ただ突っ込まれるだけのセックスは、最近では当たり前のようになっていたから、深刻には考えていなかった。

事後、ベッドの上で、

「今年の夏休みはどうする、どこか旅行に行く？」

反応の鈍い秀人に、もしかして具合でも悪いのかな、と考えながら話を向けた。

「夏休みはバイトだよ。うちは伍夏んちと違って、金持ちじゃないからさ」

「うちだってそんなに金持ちじゃないけど。えっとじゃあ、近場で遊ぶ？」

どこにも行かなくていいから、一緒にいたい。そういう気持ちだったのに。

「いい加減にしてくれよ」

触れようとした手を払われて、もう伍夏には付いていけないといきなり言われた。

「もう別れよう。もう無理だ」

「え、え……どうしたの、急に」

「急にじゃない。ずっと我慢してきたよ、俺は。付き合ってからも、付き合う前も」

「な、なに……」

そんなに、何を我慢させていたのだろう。焦る頭で考えてもわからない。ただ裸でシーツに包《くる》まったまま、オロオロとしていた。

「休みのたびにあっちに行きたい、こっちに行きたいってさ。あれしたい、これしたいって、我がままばっかり」

確かに、秀人とデートしたくてあちこち誘った。逆に秀人から誘ってくることもあった。どこに行きたいか、何をしたいか聞いてくれて、伍夏がしたいことでいいよと言ってくれたから、あれこれ行先を考えたりした。伍夏にとってはそれも楽しい思い出の一つだったのだが、でもそのことを告げると、秀人は余計に怒った。

「何それ、俺が悪いの？　俺は伍夏の望みを叶えようって必死だったよ。でもお前、こっちの努力なんかお構いなしだったじゃないか。さっきも言ったけど、伍夏んちみたいに大きい会社やってるわけじゃないし、遊ぶ金は自分で稼がなきゃならない。普通はさ、恋人だったらそういう経済的なことも考えるものだよ。なのに……」

「それは……ごめん」

確かに伍夏はアルバイトをしたことがないし、大学生になってもお小遣いをもらっている。友達や秀人と行く旅行の費用だって、祖父母や親が臨時で出してくれる。ことさら贅沢《ぜいたく》をしているとは思っていなかったけれど、確かに考えなしだった。

肩を落とす伍夏を、秀人はなおも詰った。

「俺とのデートの時だって、平気でブランド物の鞄とか持ってくるし。プレゼントできない俺への当てつけかなって思ってたよ」

「え、ブランド……？　いや、それは」

自分ではよそ行きの鞄など買わないから、祖父や父のお下がりをもらって持って行くこともあった。そのことを言っているんだろうか。

「伍夏はおかしいよ。おかしいってことに気づかないのが異常なんだ。ＴＰＯも考えずに金持ちっぽい格好ばっかりしてさ。常識ってものがないんだよ。今まで俺が、一緒にいてどれだけ恥ずかしい思いをしたかわかる？」

「ごめん、なさい……」

「いつまで子供のままでいる気だよ。伍夏は可愛いけどさ、それだけっていうか。中身がないんだよ。まったく、俊とは大違いだ」

「俊？」

どうしてここでいきなり、友達の名前が出て来るのだろう。

「あいつは大人だよ。伍夏よりずっと、俺のことわかってくれる。大学だって、俺のために同じにしてくれたし」

「え、そ、そうなの？」

俊の顔を思い浮かべる。女の子みたい、とよく言われる彼は、大学生になった今も少女のように可愛い。引っ込み思案で控えめな性格で、三人でいてもあまり自分の意見を言わなかった。でも芯は強くて、ヘタレな伍夏や秀人を時に引っ張ってくれたりもする。

秀人と同じ大学に行ったのは、単に志望校が被ったからだと思っていた。

「あいつ、今は一人暮らしだから家事も何でもできるし。料理だって上手いよ」

「そう……」

二人で俊のアパートに遊びに行ったことは何度かある。けれど、俊の手料理なんて食べたことはなかった。それ以外に、秀人が一人で遊びに行ったのだろう。

「俺が伍夏のことで悩んでるのも気づいてくれて、相談に乗ってくれたし」

相手の声に、どこか得意げな色を感じて、腹の底がひやりと冷たくなった。

「……それ、いつから？」

いつからそんなにも悩んでいたのだろう。ずっと、伍夏を持て余していたのだろうか。震える声で問うと、なぜか「そんなの、いつからだっていいだろ」と怒ったように言われた。

「伍夏はいっつもそうだよね。俺が大事な話をしてるのに、自分のことばっかり話して」

「ご、ごめ……」

「とにかく、伍夏の我がままに苦しんでる間、俊が俺を支えてくれたんだ。それでこの間、俊に告白された。俺、あいつと付き合うことにしたから」

この間っていつだろう。つい三日前にも二人で一緒に過ごしたし、さっきも何も言わずに伍夏を抱いたのに。でも、そんなことを尋ねる勇気はなかった。無言のままぼんやり見つめる伍夏に、秀人は苛立たしげな視線を向ける。

恋人だったのに、どうしてそんな目で見るのだろう。

「気づかなかった？」

「え？」

「俺の気持ちが伍夏から離れてるって、気づかなかった？　結構、前からサイン出してたんだけど」

「う、うん。ごめん」

謝ると、あーあ、とうんざりした声がした。

「本当にさ、人の気持ちとか考えないよね、伍夏は。鈍すぎるよ」

言いながら、秀人はさっさとシャワーを浴びに行く。終わると手早く着替え、出て行こうとした。

「あの俺、まだ」

裸のままだし、セックスの後シャワーも浴びていない。事前に清算する部屋なので、秀人が出ると自動的にチェックアウトになってしまう。

それはわかっているはずなのに、秀人は鬱陶しそうに「そんなの知らないよ」と、ドアの鍵を開けてしまった。

「じゃあね。その性格、早く直した方がいい。でないと、これから先も同じ理由で振られるよ」

恋人が捨て台詞《ぜりふ》を吐いて去って行くのに、涙を流す暇もなかった。汚れた身体のまま服を着て、逃げるようにホテルを出た。歩いていると、中に出されたものがどろりとこぼれてきて、情けなくて泣きたくなった。でも往来だから泣けなくて、家に帰ってこっそり泣いた。

自分はそんなにも、秀人を苦しめていたのか。好きだと言われたのに、最後には嫌われるほど。俊はいつから秀人が好きだったのだろう。ずっと我慢していたのだろうか。それもこれも自分は気づかず、だから秀人の心が離れていったのか。

でも、あんな風に言うことはないのに。

悲しいけれど、でも理不尽な気がしていた。涙を拭いて自分の部屋を出ると、実家を出た兄と姉が家に遊びに来ていて、珍しく兄姉がみんな揃《そろ》っていた。

兄姉たちは、伍夏と違ってみんな勘が鋭い。ちゃんと涙の痕《あと》がないか確認して出たのに、一目見て伍夏に何かあったことを察した。

「どうしたの。お姉ちゃんたちに話してみな」

長姉に促され、さすがに全部は話せないけれど、かいつまんで打ち明けた。恋人に、我がままでついていけない、と振られたこと。甘えてるとか、鈍すぎるとか言われたこと。

兄姉はみんな伍夏の味方をして、それはひどいと怒ってくれる、そう思っていたのに。

伍夏の話を聞いた後、兄と姉は四人、顔を見合わせたかと思うと、一斉に笑い出した。

「いやあ、それはお兄ちゃんも反論できないなあ」

「確かに甘ったれだし鈍いし。恋人としては我慢できなかったんじゃない？」

「彼女とは旅行代も割り勘だったの？　それで自分は親の金で旅行行こうって言うんでしょ。それは引くわよ」

「まあね、俺たちも末っ子だから可愛いと思うけど。他人だったらぶっ飛ばしてるかも、ってことはたまにあるね」

「そ、そんな……」

いつも可愛がられている兄姉から口々に言われ、ショックを受けた。やっぱり、秀人の言うことは正しかったのだ。おかしいのは伍夏だった。彼が言う通り、自分は我がままで非常識で、最低の奴だったのだ。

「まあ、若いんだから。失恋の一つや二つ」

「今度は、ありのままの伍夏を丸ごと受け止めてくれる、年上の人がいいんじゃない」

落ち込んで泣き出しそうになる伍夏に、さすがに四人も言い過ぎたと思ったのか、慰めてくれた。あまり救いにはならなかったが。

それから伍夏は、家族以外の他人と接するのが怖くなった。自分が何気なく発した言葉や態度が、知らないうちに他人を不愉快にさせているかもしれない。当たり前だと思うことも、もしかすると非常識なのかもしれない。

おどおどするようになり、他人からの視線がしょっちゅう気になる。人と話していても、言葉を聞き返されたり、怪訝《けげん》な顔をされるだけで軽いパニックになった。家族にも背中が丸まってるとか、声が小さいと注意されるようになってしまった。

幸い、大学はすぐ試験期間に入り、それが終わると夏休みだったので、友達と接する機会も少なくなった。伍夏は友達が多い方だ。試験の終わりに飲みに誘われたり、夏休みに遊ばないかと言われたが、すべて断った。また秀人のように嫌われるのが怖かったのだ。

せっかくの夏休みに引きこもるようになった末っ子を、家族も心配した。離れて暮らす兄と姉にも誰かが知らせたのだろう。夏休みが始まってすぐ、敬一が実家に来て、住み込みのバイトをしないかと言った。

「お前、夏休みは暇なんだろ？　知り合いが小さな民宿をやってるんだ。そこに併設されてるカフェで人を募集してるんだけど。アルバイトしないか。自分で金稼いでみたら、ちょっとは自信がつくだろ」

恋人に振られて引きずっていることをわかっていて、兄は解決策を示してくれたのだ。

このままではいけないと、伍夏も思っていた。甘やかされて育って、家族には感謝しているけれど、でもいつまでも甘えたままではいけない。周りにも心配をかけている。

今までアルバイトの経験はゼロで、人と接するのも怖くてたまらなかったが、せっかく兄が紹介してくれたのだ。怖気づいたままではいけないと、意を決した。

いきなり住み込みなんて、と祖父母と両親は反対したが、兄姉四人が味方について後押ししてくれたので、話はトントン拍子に進んだ。

一カ月分の荷造りをして、七月の終わり、明日からアルバイトに行くという夜には、祖母と母が盛大なご馳走《ちそう》を作ってくれた。祖父と父は、バイト先で困らないように、などと言ってそれぞれお小遣いをくれて、当日は家で仕事をしている次姉の春世が、車で駅まで送ってくれた。

家族がみんな、落ち込んでいる末っ子を助け起こそうとしている。変わらなくちゃ、と伍夏は思った。

少しの間でも社会に出て、甘えたれで我がままで、非常識な性格を直さなくてはならない。そんな決意を秘めて、『はなカフェ』にやって来たのだった。

三

「おい、何やってんだよ！」

隣から鋭い叱責《しっせき》が飛び、伍夏は「ひっ」と小さく悲鳴を上げて身をすくめた。

ふかしたジャガイモを潰《つぶ》していた和臣が、「ああもう」と焦《じ》れた声を上げて伍夏を押しのけ、たった今、消したばかりの鍋の火を点け直した。

「勝手に火加減いじるな！」

「すみません……あの、吹き零《こぼ》れるかと思って」

「これくらいじゃ零れないし、火を消さずに弱火にするんだ。それに、そうなりそうだったらすぐ、俺を呼べって言ったよな」

わかっていた。なのに手元の作業に集中する和臣の横顔を見て、声をかけるのをためらってしまった。判断ができなくなり、慌ててコンロの火を消してしまった。……でも、それはただの言い訳だ。

「すみません」

「火の番もできないのか、お前は」

重ねて言われ、こめかみがピリピリと痛んだ。胸が震えて息が上手くできない。溢《あふ》れそうになる涙を必死にこらえた。こんなところで泣いたら、それこそ呆れられてしまう。

「すみません、気をつけます……」

和臣に怒られるのは、これで何度目だろう。『はなカフェ』に来て三日目の午前中、失敗した回数はもう数えきれないほどになっている。

初日も散々だったが、二日目もひどかった。食器を洗おうとして割り、卵を運んで落とした。簡単な作業に手間取る。一日を終える頃には伍夏もぐったりしていたけれど、和臣と怜司も疲れていた。

教えられたことはなるべくメモを取って、次は失敗しないように寝る前に復習もしたのに。仕事だけではない。交替で洗濯や掃除をしようと言われたけれど、伍夏はどれも満足にできなくて、「本当にまったく何もできないんだな」と、和臣に呆れられた。

「……レタスの仕込みして。今日は二玉、十五分を目標に終わらせること」

隣で苛立ちを飲み込む気配がして、それから抑えるような声が言った。

「はい……」

すみません、と口の中で呟く。あまり謝っても相手を苛立たせるだけだと、昨日気づいた。

冷蔵庫から、今朝配達されたばかりのレタスを二玉取り出す。ボールに水とレタスを一玉入れて、まず芯を手で取って、サンドイッチとサラダのどちらにも使えるように、手の平の半分くらいの大きさにちぎる。オーダーが入ったらすぐ取り出せるよう、タッパーに綺麗に重ねて詰める。昨日教わって、メモを取って復習もした。あとは時間だ。

「十五分経ったぞ」

その声にハッと顔を上げる。もう十五分。まだ一玉もちぎり終わってない。救いを求めるように隣を振り仰ぐ。和臣は潰したポテトをポテトサラダに仕上げ、ラップをかけて冷蔵庫にしまっているところだった。手早さが全然違う。

「遅い。時間を意識しろ。あと五分でそれ、終わらせて。一玉だけでいい」

「はい」

すみません。すみません、気をつけます。この三日で何度繰り返しただろう。自分でもうんざりする。本当に何もできない。こんなので、社会に出ていけるんだろうか。

「五分経った」

「あっ」

自己嫌悪をしているうちに、時間が経ってしまった。まだ作業は終わっていない。さすがに和臣も、苛立った声を上げた。

「お前なあ」

「おはよう〜」

ピリピリしたキッチンの空気を遮るように、勝手口が開いて怜司が顔を出した。

「ほら、れんげも『おはよう』は？」

甘い声に、れんげがわふっ、と軽快に答える。怜司とれんげが出勤してきたのだった。

「おはようございます。ポテサラ、ＯＫです。スープもそろそろ終わります」

「おー、ありがとう。お陰で今朝はのんびりできたよ」

てきぱきと報告する和臣に、怜司が微笑む。

『はなカフェ』の営業時間は朝の七時から夜の八時。その前後一時間が準備と片づけの時間になる。この十五時間、仕込みと接客と休憩を、怜司とアルバイトで細かく振り分けて回している。ただし、伍夏は今のところ戦力外どころか足手まといになっているから、実質は二人で店を回しているのだが。

とりわけ店長の怜司は料理も担当しているので忙しい。毎日六時から店に入って朝食の準備と、昼食の仕込みをする。今日の朝食はたまたま、昨日のうちに仕込みができるメニューだったので、怜司は朝少しだけゆっくりすることができたようだ。

「じゃあ、キリのいいところで和臣は休憩に入って。伍夏はレタスの仕込み中かな？」

「う、はいっ」

「いや、残りは俺やるから。横で手順見てて」

言うが早いか、和臣に流しのポジションを取られてしまった。仕方なく横に立っていると、目の前で手際よく均一にレタスがちぎられていく。あっという間に二玉のレタスの仕込みが終わっていた。

すごい手際だ、と内心で感心していると、じろりと睨まれた。

「ちゃんと見てたか？　お前は恐る恐る一枚ちぎって、それをまた一枚ずつ丁寧にタッパーに詰めてるだろ。だからいつまでも終わらないんだよ。適当にちぎって適当に詰める。この場合の適当ってのは、いい加減て意味じゃないぞ」

より丁寧にすることがいいのだと思っていた。なるほど、とうなずく。

「本当にわかってんのかよ」

「和臣は、なかなかスパルタだねー」

胡乱そうに睨む和臣に、黙って怜司がのんびりした声を上げた。

「どこが？　めちゃくちゃ温《ぬる》くしてますよ」

「まあね、和臣にしてはね。でも最初からいい加減にするより、丁寧に作業するのはいいことだよ。テーブルセットも伍夏がやってくれたんだよね？　丁寧で素晴らしい。次はこのま、作業時間を上げることだね」

「は、はい」

ここに来て、初めて褒めてもらえた。嬉しくなって、ぺこりと頭を下げる。だが隣からため息と共に、「そうやって甘やかすから……」という呟きが聞こえて、喜びがしゅんと萎んだ。

怜司は優しくて、落ち込みそうになる伍夏を元気づけてくれるけれど、和臣は厳しい。ずっと怜司に教えてもらうのがいいな、とこっそり思う。

「じゃあ和臣は休憩ね。伍夏、レタスを冷蔵庫にしまったら、れんげの散歩に行って来てくれる？　今日は誰もいないけど、大丈夫かな」

「はい。大丈夫です」

昨日も朝と夕方、花山とれんげとで、民宿の敷地の周りを散歩した。民宿は小さいが敷地は広く、中でも充分遊べるけれど、れんげは外に散歩に行くのが好きなのだそうだ。

れんげは利口な犬で、新米の伍夏がリードを持っても、ちゃんと一緒に歩いてくれる。気分転換にもなるし、散歩に行けるのは嬉しかった。

いそいそとカフェエプロンを外し、れんげに「散歩行こう」と声をかけた。勝手口に向かうと、れんげがタタッと付いて来る。

「何か迷いそうだな。俺も行く」

これから癒《いや》しの時間……と思ったのに、和臣がそう言って追いかけてきた。

「でもあの、悪いです。休憩時間がもったいない……」

放っておいて欲しいなという気持ちで言ったのだが、一蹴《いっしゅう》された。

「悪いと思うなら、周りに心配させないような行動を取るんだな。あと、喋《しゃべ》る時ははっきり喋れ」

仕方なく、連れ立って散歩に出る。薄曇りの今日は気温も低く、風が涼しい。敷地の周りの道は舗装されていない部分も多いから、余計に涼しいのかもしれない。

昨日は花山と、田畑の向こうの山脈をのんびりと眺めながらあれこれ会話が弾んだ。強面の花山は顔に似合わず気さくで話し上手で、学生時代の兄の話をしてくれたりと楽しかった。

しかし今日は、ひたすら気まずい。和臣も何も喋らなくて、休憩してくれていれば良かったのにと内心で思う。そんな時、

「お前、俺のこと鬱陶しいと思ってんだろ」

隣からずばりと言われ挙動不審になってしまった。

「いえ、そ、そんなこと……」

はっきり言えば鬱陶しい。それに怖い。いつも怒っているし、何を考えているのかわからないし。

(でも怒ってるのは、俺のせいなんだよね)

あまりにも伍夏が使えないせいだ。レタスの仕込みすらできなかったことを思い出し、ずん、と落ち込んだ。

「うぜえ」

肩を落とす伍夏に、隣からすかさず鬱陶しそうな声が上がる。

「花山さんから事前に聞いてたのと、全然違うな。別人みたいだ」

「え」

花山も敬一から話を聞かされたのだろうが、いったい自分はどんな風に言われていたのだろう。

「のんびりしてるけど、明るくてハキハキしてるって。実際はのんびりっていうより、ただのグズだし、暗いし反応悪いよな」

「……すみません」

そうか、今の自分は暗いのか、と気持ちが沈む。以前の自分でも今の自分でも、人を不愉快にさせるのだ。どうすればいいのだろう。

「また足元見てる。お前の性格はどうでもいいよ。ただ客商売なんだから、店にいる間は意識して明るくしろ。オドオドするな。そんなんじゃ、いつまでたってもカウンターの外に出せない」

「はい……」

好きでオドオドしているわけじゃない。でも怖いのだ。自分の振る舞いや言葉が、人を不愉快にさせるのが怖い。これ以上、嫌な人間だと思われたくない。

「返事はいいけど、わかってんのかな。店に戻ったら気をつけろよ」

怯《おび》えるように身をすくませる伍夏に、和臣はため息交じりだ。ちらりと隣を窺い見ると、和臣はまっすぐ前を向いていた。

彼は、伍夏のような悩みとは無縁なのだろう。いつも視線を上げて、まっすぐに人を見る。

振る舞いも言葉も自信に満ち溢れていて、傷つくことなどなさそうだ。こういう人は悩みなんてないんだろうな、と僻《ひが》んだ気持ちになった。

ふうっとため息をつくと、れんげが「どうしたの」というようにこちらを見る。犬にまで心配させているなと思いながら、大丈夫だよ、と微笑んだ。

ぐるりと近所を回って店に戻ると、モーニングの客で席が埋まり始めていた。混《こ》み始めたフロアで怜司が忙しそうに動いている。和臣の休憩時間は終わりだ。手早くカフェエプロンをかける和臣に、怜司がいくつか指示を出す。

「伍夏は少し早いけど、休憩に入って。今日は席が埋まりそうだから、朝ごはんは悪いけど上で食べてくれる?」

これから、もっとも混む時間帯だ。本来なら人がいた方がいいのだろうが、今の伍夏はいるだけで邪魔になる。手足の先が冷えていくのを感じながら、伍夏はぎこちなくうなずいた。のろのろと二階に上がろうとするのを、「伍夏」と和臣が呼びとめた。

「朝飯、持ってけ」

トレイにモーニングのセットと飲み物を載せて渡してくれた。ありがとうございます、と言って受け取る。それにぼそりと、

「暗い顔するなって言っただろ。休憩から戻る時は、気持ち切り替えてこい」

低い声で言われた。切り替えろと言われて、簡単にできるなら苦労はない。だって午後か

らもまた、自分の無能ぶりに落ち込んでしまうだろうから。

二階に上り、真ん中のちゃぶ台で朝食を食べながら、閉塞感《へいそくかん》にため息をつく。まだ三日目。なのにもう家に帰りたくてたまらない。

「俺には無理なのかな」

ぽつりとつぶやくと、何だか本当に無理な気がしてきた。沈んだ心とは裏腹に、ミネストローネが美味しい。和臣が作ったポテトサラダも。ご飯が美味しくて店も素敵で、ここで働けるなんて幸せだと、三日前は思っていたのに。

休憩が終わっても気持ちが切り替わることはなく、和臣にまた怒られた。それどころか怜司にまで「カウンターの中にいても、もう少しお客様に愛想よくしてね」と注意されてしまった。以前は人見知りなんてしなかったのに、知らず知らずのうちに無愛想になっていた。

(俺、変わるどころか、どんどんひどくなってる)

仕事を与えられても失敗ばかり、失敗しなくても、馬鹿丁寧で時間ばかり食う。結局その日も、ろくに仕事ができないまま一日が終わってしまった。

和臣より早く仕事が終わり、明日の朝は九時からのシフトだ。朝一番は仕込みと朝食の客で忙しいから、シフトから外されたのだろう。

クビ、という単語が頭を過《よぎ》る。だがいくら伍夏が使えなくても、敬一の紹介で雇っている以上、花山も怜司も容易にはクビにできないのかもしれない。

(自分から辞めます、って言った方がいいのかな)

このまま一カ月も居座るのは、迷惑かもしれない。あるいはみんな、伍夏が辞めると言い出すのを待っているのかもしれない。なのに自分はまた、空気が読めずにいて……。

唐突に、わーっと叫び出したい衝動に駆られた。もう辞めたい。これ以上、人の顔色を窺ってビクビクしたくない。

シャワーも浴びずベッドの中で丸まった。しばらくして店が終わり、和臣が上がってきたが、寝たふりを決め込む。顔を合わせればまた、あれこれ注意されるだろう。

「お前、もう風呂入ったのか?」

狸《たぬき》寝入りはばれていたらしい。声をかけられたが、無視した。沈黙の後、ため息が聞こえる。じゃあ風呂に入るから、と静かな声がして、部屋を出て行く。バスルームのドアがぱたりと開閉するのを聞いて、伍夏はベッドから這《は》い出した。

(ごめんなさい)

無視するなんて、感じが悪いし、幼稚だ。でも嫌だ。もう何も言われたくない。

敬一に辞めたいと言ってしまおうか。枕元の携帯電話を取り、じっと見下ろす。もう嫌だ。けれど、このまま逃げていいのだろうか。今逃げたら、きっとこれからもずっと、変わらないままだ。

葛藤《かっとう》している間に、和臣が風呂から戻ってきた。決められないまま、伍夏は携帯電話を持って部屋を出る。

「ちょっと、電話してきます」

一階まで降りて、また少し迷ってから外に出た。店で電話をしていると、和臣に内容を聞かれるかもしれないからだ。

カフェの外には明かりがなく、街灯も遠い。暗闇の中でじっと携帯電話を見つめる。このまま逃げたら、本当にダメになってしまう気がする。電話を掛けることも部屋に戻ることもできず、迷い続けたままカフェの周りをとぼとぼと歩く。敷地の外に出かけたその時だった。

「おいっ！」

突然、近くで大声がしたかと思うと、誰かに腕をつかまれた。

「わあっ」

暗闇の中で前触れもなく、びっくりする。本当に口から出るかと思うくらい、大きく心臓が跳ねた。ドキドキしながら振り返ると、夜目に薄ぼんやりと和臣の顔が見える。

「びっくりした」

「びっくりした、じゃねえよ。こんな遅くにどこまで行くつもりだ」

「どこって……どこも。ただ電話をしようかと」

電話で外に出るくらい、いいじゃないか。そんな不貞腐れた気持ちで言ったのだが、和臣は途端に大きく息を吐いた。

「なんだ、電話か」

表情はよく見えなかったが、ホッとした声だった。何だと思ったのだろう。沈黙の中、相手がもう一度、ふうっと息をつくのが聞こえる。

「思いつめた顔して部屋を出てくし、いつまでも帰ってこないから」

だからどうしたのだとは言わなかったけれど、心配して追いかけてきたのだ。あんなに感じが悪かったのに、バイトでたくさん迷惑をかけたのに。

「すみません。ありがとう、ございます」

心から言うと、「いいけどね」と、急に素っ気ない声になる。それから「煙草吸っていい？」と聞かれた。それならば自分は部屋に戻っているべきだろうか。

迷いながら「はい」と答えると、

「じゃあ、あっちに座ろう」

腕を引かれてカフェのテラスに連れて行かれた。和臣がテーブルに上げられた椅子《いす》を二つおろし、片方を伍夏に勧める。もう一方に腰を下ろすと、尻のポケットから煙草を取り出して火を点けた。ライターの明かりに端整な顔が浮かび上がるのを、伍夏は見るともなしに眺める。

「このバイト、部屋も綺麗だし飯も美味《うま》くて給料もいいんだけど、全館禁煙なのが辛《つら》いんだよな」

美味そうに煙を吐いた後でぼやくのに、喫煙をしない伍夏は曖昧《あいまい》な返事しかできない。だが気まずさを感じるのは伍夏だけのようで、和臣はしばらく無言のまま煙草を吸っていた。

「落ち込んでんのか」

やがて隣からぽつりと、そんな声が聞こえる。

「……はい」

「仕事で注意されたから？」

「はい。仕事が遅いし失敗するし。まったく役に立ってないから」

「そうだな。三日目であることを差し引いても、お前の無能っぷりは群を抜いてるよな」

改めてずばりと言いきられ、闇の中でぐっとこぶしを握った。そんなこと、言われなくてもわかっているのに。

でもやっぱり、悶々《もんもん》としているのは伍夏だけのようで、携帯灰皿に吸い殻を入れた和臣は、

「悪い、もう一本吸っていいか」などと尋ねる。

「どうぞ。ご自由に」

なんだか腹が立ってきて、怒った声で答えた。ふっと笑う気配がする。

「いつもそうやって、強気に出ればいいのに」

「いつもって」

「俺に対して不満がある時。怜司さんに言われても素直に聞くのに、俺が注意するとオドオ

ドしながら恨めしそうに睨むだろ」

「睨んでません」

「なら、無意識か。こいつ、俺のこと恨んでるんだろうなって顔してる」

「恨んでなんかいません。ただ……怖いだけで。言い方とか顔とかいつも怒ってるみたいで、何考えてるかわからないし」

この際だからこっちも言ってやる。怒るかなと思ったが、和臣はくすっと楽しそうに笑っただけだった。

「ああ。それよく言われる」

よく言われるのか。だがだからと言って、彼はそのことを改めたり、悩んだりすることはないのだろう。

「あと、性格悪いとか、デリカシーないとか、自分勝手で無神経とかな」

「ひどいですね」

自分も思ったけど。

「いや、当たってんだろ」

あっさり肯定された。いったい、何が言いたいのだろう。人間失格自慢だろうか。

「昔から、いじめてないのにいじめっ子キャラみたいに言われるんだよな。お前みたいな大人しいタイプとは合わないだろうなって、最初に見た時から思ってた」

「俺もそう思いました」

即答すると、また笑い声がする。

「じゃあ別に、怖がらなくていいだろ。先輩って言っても所詮《しょせん》はバイトなんだし。それも、たった一カ月のバイトだ。無理して俺と上手くやろうと思わなくていいんじゃないか」

和臣の言葉を、ちょっと考えてみる。もしかしたら彼は、落ち込んでいる伍夏を慰めるとか励ますとか、あるいは悩んでいるのがわかっていて、アドバイスをしてくれようとしているのだろうか。

「俺が落ち込んでるのは、バイトの先輩と上手くいってないとか、そういうことだけじゃないんです。というか、和臣さんと上手くやろうとは思ってなかったし」

自分の頭の中を整理しながら、ぽつぽつと打ち明ける。和臣は苦笑した。

「おい、そこはもうちょっと社交辞令使えよ」

「だって、友達にならないタイプだし。というか、俺が落ち込んでるのは和臣さんのことじゃなくて自分自身のことで……」

「仕事ができないってことか」

暗闇で見えないかもしれないが、大きくうなずいた。

「俺のせいで、怜司さんと和臣さんに負担がかかってるのはわかってます。半人前どころかマイナスで。遅いし同じ失敗するし。暗くて愛想なしで……」

「まあ全部その通りだな」

あっさり言われて肩を落とした。

「なんだよ、『そんなことないよー』とか言われたかったのか？　言わねえぞ、俺は」

「いえ……」

でもそうだ。打ち明けて、本当はそういうフォローの言葉を期待してた。

「だから俺、甘えてるって言われるんですよね」

甘えて、辛いことがあったらすぐ逃げ出そうとして。

「まあ甘えてるな。いやだから……いや、そうか。お前、真面目なんだよな」

「急にそんなフォローされても」

「フォローじゃねえよ。ただ、真面目だからそんなに悩むのかって納得しただけだ。そういえば仕事もバカ丁寧で糞《くそ》トロいもんな」

すみませんね、といじけた。フォローかと思ったのに、何だかものすごくけなされている。

「一つのことを完璧にこなそうとして失敗して、いつまでも落ち込む。お前、反省しすぎなんだよ。一つ失敗したら、ずっとそれを引きずってるだろ。それでどんどん動きが固くなる。悪循環だな」

確かに、その通りかもしれない。でも、だからってどうすればいいのだろう。

「失敗しても、反省はするけどいつまでも引きずらない。頭を切り替える。……って言っても無理そうだから、まずは気にせず、どんどん失敗すればいいいんじゃねえの」

「それで、いいんでしょうか」

「いいっていうか、気にしてもどうせ失敗するだろ。反省して、次は気をつけようって注意しても結局、失敗する。それならもう、何しても失敗するんだよ」

身も蓋もない言い方だが、確かにどう気をつけても失敗する。

「だから、明日から試してみればいい。今日より失敗するつもりで、失敗しても気にしない」

明日から。持っていた携帯電話を、ぎゅっと握りしめた。

「はい。あの……ありがとうございます。明日から、やってみます」

暗闇の中、ぺこりと頭を下げる。煙を吐く微かな音と、薄い笑い声が聞こえた。

「そんなに力まなくても、別に期待してねえから。バイトそのものが初めてなんだろ。怜司さんも俺も、すぐにどうこうなるとは思ってねえよ」

その声が思いも寄らず優しくて、はっとする。

「まあ、誰でも初めてのバイトってのはテンパるよな」

これは間違いなく、慰められている。伍夏が使えない奴でも、感じが悪くても、心配して追いかけて、迷っている心の道を作ってくれる。じわっと目の奥が熱くなった。同時に、逃げようとしていた自分を恥じる。やっぱり、逃げてはだめだ。

じゃあ部屋に戻るか、と声がして、伍夏も腰を上げた。

「和臣さんも、初めての時はそうだったんですか」

誰でも、という言葉に親近感が湧いて、和臣の後ろについて部屋に戻りながら、そんな風に話しかける。だが即座に「いや」と返ってきた。

「俺は最初から、わりとそつなくこなしてたな。そういえば」

「そ、そうですか……」

思わず脱力する。でも嫌な感じではなかった。無能とか使えないとか言いながら、それでも和臣は見捨てなかった。

これ以上のマイナスはないのだと思ったら、気持ちがほんの少し、軽くなったのだ。

（明日から、ほどほどに頑張ろう）

風呂に入って部屋に戻ると、和臣は勉強をしていた。何の勉強なんだろう。ベッドにもぐりこみながら尋ねてみようか迷い、そのまま眠っていた。


翌日から、何かが劇的に変わったかというと、もちろんそんなはずもなかった。

失敗もするし、仕事もすぐに早くなんかならない。気にしないようにしても、失敗は気になるものだ。相変わらず、和臣も怖い。

それでも和臣に言われてから、ガチガチに身体が固まることはなくなった。まだお客にはぎこちなくなってしまうが、怜司から「だいぶ良くなったよ」と言われて有頂天になった。

「できた。レタスの仕込みできました」

時計を確認すると、十五分より少し早く仕事が終わった。誇らしげにタッパーを見せると、和臣が「ああ、すごいすごい」と、いかにも棒読みな口調で言う。それでも嬉しかった。

アルバイトを始めて一週間が経った。少しずつ……本当にノロノロとだが、できることが増えている。それが嬉しい。

気にしないようにする、というのは難しかったが、それでもなるべく失敗を引きずらないように心掛けていたら、一つ仕事が上手くできた。褒められて弾みがついて、するともう一つできるようになる。いい気になって失敗することもあったが。

和臣のことも、怖いけれど前より怖くはない。言い方は素っ気ないが、決して意地悪で言っているのではないし、彼が教えてくれることはいちいち的確だ。作業の仕方も合理的で無駄がない。

「おはようー」

レタスのタッパーを冷蔵庫に入れていると、怜司とれんげが出勤してくる。朝一番のシフトをアルバイトだけに任せられたのは、三日目の朝以来だ。朝は仕事を覚えることが多く、忙しい。ずっと伍夏はシフトから外されていたが、少しは役に立てるようになったのかなと、うぬぼれている。

「伍夏、どう？　和臣にいじめられてない？」

怜司が冗談めかして言うのに、伍夏は笑った。

「ちょっとだけ」

「おい」

即座に和臣から声が上がって、怜司と笑う。ここ数日で、冗談も言えるようになった。

「じゃあ和臣は休憩ね。伍夏はパンを運んで、あとパン皿をセットして」

「はい。あの、れんげの散歩は？」

あれからも、花山が行かれない時にだけ、たまに散歩に行くことがある。れんげとのんびり歩くのが楽しみなのだが、そう思っている人は多いらしく、民宿のスタッフに先を越されることも多かった。

今日も、暑くならない早朝のうちに連れて行かれたそうだ。ちょっと残念だった。

「じゃあれんげ、テラスに行く？」

テラス、という言葉に反応して、れんげははちみつ色の尻尾をブンブン振った。れんげは外のテラスがお気に入りらしい。夏でも午前中や夕方は、すみっこで寝そべっている。

伍夏は水入れとペット用の蚊取り線香を持ち、れんげと一緒にいそいそとテラスに出た。ぺたりと日陰に寝そべるはちみつ色の塊を見て、自然に笑顔がこぼれてしまう。そのまれんげをモフりたいが、残念ながら今は仕事中だった。

「じゃあ、中に入りたかったら言ってね」

などと声をかけても、れんげは喋らないのだが、ぱたんと尻尾を振ってくれるので、にんまりする。中に入りたくなったら主張するので、これまた可愛い。

「やっぱり、犬っていいですね」

手を洗って朝食のパンを運びながら、うちもまた犬を飼いたいな、と呟く。

「そうだねえ。子はかすがいって言うけど、犬もかすがいっていうか、花山と二人で喧嘩しそうになる時も、れんげが和ませてくれたりするね」

「二人で喧嘩するんですか」

どちらも大らかで、怒ったり喧嘩をしたりするイメージがない。

「するする。まあ最近は少なくなったけどね。ここをオープンしたての頃は、しょっちゅうぶつかってた」

花山と怜司は、民宿の住居部分に二人で暮らしている。高校時代の先輩と後輩同士、以前から民宿をやりたかった花山と、田舎でカフェをやりたかった怜司とで話し合った結果、今の『民宿ハナハナ』と『はなカフェ』の形が実現したのだという。民宿では厨房《ちゅうぼう》を置かなくてもいいし、カフェも立地のハンデがある分、民宿の客でカバーできるというわけだ。

といっても、どちらもさほど実入りのいい仕事ではないそうで、花山は民宿とは別に、ライターの仕事をしている。経理や事務処理などは民宿も含めて怜司が引き受けているそうで、なかなか忙しそうだ。好きでないとできないかもね、と怜司はこの話をした時に笑っていた。

「そういえば伍夏。今日、仕事が終わってから時間取れる？　今日は民宿のお客さんがいないから、和臣と君の歓迎会を兼ねてスタッフで食事しようかと思うんだけど」

「歓迎会なんて、そんな」

「まあ飲むための口実だから。どうせここでやるから、できたらちらっとでも顔出してね、と笑顔で言われると、とても断れない。本音を言うと、大人数でわいわいとやるのは怖かった。怜司や和臣には慣れたけれど、他の人の前でちゃんと振る舞えるだろうか、と不安になる。

（でも、そういうのも変えていかないとダメだよね）

民宿のスタッフとは、彼らが賄いを食べに来る時に顔を合わせる程度だが、ほとんどは花山が民宿をやる以前からの知り合いだ。

花山は以前、民宿経営の修業のためにこの近くのペンションで働いていたことがあり、彼らとはその時に知り合ったのだそうだ。
二、三十代の男性が多く、彼らは民宿のスタッフとは別に、店や農業など、それぞれの生業を持っている。女性はほとんどが近所の主婦だった。
みんな、何となくノリが体育会系っぽい。ずっと文系だった伍夏は、彼らにうまく溶け込めるのか心配だった。

「あの、今日の夜の歓迎会なんですけど」

和臣がカウンターに戻ったタイミングで、コソコソと話しかけた。

「俺が変なこと言ったり、空気読まずにいたら、突っ込んでもらえませんか」

「はあ？」

「だから俺、常識とかないから、周りに迷惑かけるかもしれなくて」

人と喋っていて、何が間違っていて正しいのか、自分ではわからない。和臣の前ではさんざん失敗もしているし、おかしなこともしているから、これ以上眉をひそめられることもないだろう。和臣なら、多少は言いにくいことも言ってくれる。おかしいことはおかしいと言ってもらえれば、自分でもそのうち判断がつくようになるだろう。

妙案を思いついたつもりで、こっそりフォローを頼んだのだが、「なんだそりゃ」と呆れたように言われてしまった。

「お前が変で空気読まないのはいつもだろ。いちいち突っ込んでられねえよ」

「いつもなんだ」

そうなんだ、と愕然《がくぜん》とする。それが顔に出ていたのか、「面倒臭い奴だな」と言われた。

「だからいつも通りでいいだろ。お前が多少おかしくても、誰も何とも思わねえよ」

「そ、そっか」

いつも通りでいい。フォローされているような、されていないような微妙な言葉だが、それでも和臣の言葉に、縮こまりかけていた心がふわっと解放された気がした。

「ありがとうございます」

思わず微笑むと、相手はなぜか固まった。おかしなことをしたかもしれない、と青ざめるより早く、和臣がぽん、と伍夏の頭を撫でる。

「天然か。いいから仕事しろ」

安心したせいか、その後は失敗も少なく、少しの時間だけ、フロアで接客できることになった。緊張するけれど、メニューはもうすべて覚えている。お客もあまりいない時間だったこともあって、どうにか失敗らしい失敗もなかった。

夜はいつもより一時間早く終わって、民宿のスタッフが酒を持ってやってくる。テーブルを中央に寄せ、怜司が仕込んでおいた料理を並べて宴会になった。

民宿のスタッフは花山も入れると六人。用事があったり、小さな子供がいて来られないスタッフも数人いるそうだが、この場にいる女性は一人だけで、残りはみんな男性だった。れんげも連れられて来て、数名の男たちにさっそくモフられていた。

「和臣はみんな知ってるよね。今年もよろしく。あと、新メンバーの八野伍夏君。一カ月よろしく」

花山に紹介され、和臣の隣に座っていた伍夏は、ぺこっと頭を下げた。途端に、男性のスタッフたちが、若い、可愛いねえ、と親父臭い声を上げる。どう答えていいかわからず固まっていると、唯一の女性スタッフが「オッサンたち、はしゃがないで」と諌《いさ》め、笑いが上がった。

男性たちは花山と同じくマッチョで強面なタイプが多く、中にはシャツの袖《そで》からタトゥーが覗く人もいて、ちょっと怖い。それでも中身は気のいい人たちのようで、緊張して縮こまっている伍夏にも、あれこれ話しかけてくれた。

ただ歓迎会は口実、と怜司が言ったのも嘘ではなかったようで、ひとたび飲み始めるや、みんなものすごい速さでビールや焼酎《しょうちゅう》を開けていった。下戸だという怜司だけがウーロン茶だ。伍夏もあと少しで二十歳なので、フライングで薄いサワーをもらった。伍夏も酒には弱いが、民宿のスタッフが作ってくれたカクテルは、すっきりしていて飲みやすい。あっという間にグラスを空にすると、誰かが「伍夏ちゃんも強いねえ」と言って、同じものを作ってくれた。

やはり結構な速度で飲んでいる和臣は、次から次へと周りから酒を注がれている。

「相変わらずカッコイイな、和臣。大学でもモテまくって大変だろ」

「勉強勉強で、それどころじゃないですよ」

「モテは否定しないのかよ」

和臣がいじられている。面白いなと横で会話を聞きながら、最初の日に彼が恋人と、電話で別れ話をしていたのを思い出した。あれきり、夜に和臣が電話をしている様子はない。あんな電話一本で振られるのは辛いだろうな、とまた同情して悲しくなった。

「伍夏ちゃん、平気？」

いつの間にか、ぼんやりしていたらしい。はっと顔を上げると向かいの男、確か安永《やすなが》というスタッフがこちらを覗き込んでいた。

「は、はいっ。大丈夫です」

ちょっと酔ったのかもしれない。二杯目のグラスがいつの間にか空になっていた。もう酒は飲まないで、ウーロン茶にしようと思った矢先、安永が「同じのでいい？」と言いながら、さっとグラスを下げてくれた。

「あ、すみません。自分でやります」

「いいのいいの。お酒作るのが趣味だから」

そう言われるとウーロン茶がいいです、とは言い出せなくて、三杯目の酒をもらった。ちびちび飲んでいると、「可愛いねえ」と目を細めて言われる。何だか、おじいちゃんみたいだ。

八野家は大家族で親戚も多い。高齢の親戚には会えば今も、目を細めて「可愛いねえ」「大きくなったねえ」と言われる。それを思い出して、くすっと笑ってしまった。

「あ、笑った」

「すみません。親戚のおじいちゃんを思い出して」

言うと、「おじいちゃんかよ！」と嘆かれた。周りも笑っている。何だか打ち解けられた気がして、嬉しい。

安永はそれからも、あれこれと伍夏に話しかけてくれた。周りの話の輪の中に入り切れずにいた伍夏は、そんな安永の気遣いが嬉しかった。見かけは怖いけど、やっぱりこの人もいい人なのだなと思う。

実を言えば三杯目のグラスを飲み切らないうちに、意識がふわふわとしていて眠くなっていたのだが、せっかく相手をしてくれているのだからと、必死に目を開けていた。

「こっちにいる間に一度、うちにおいでよ。この近所で一軒家借りて住んでるんだ。今、自分で燻製《くんせい》作るのに凝ってるの」

安永は伍夏と同じく東京出身で、田舎暮らしに憧《あこが》れてここに来たのだそうだ。

「素敵ですね。俺、燻製大好きです」

「じゃあ今夜さっそく、うちに来る？　明日はランチからの営業だから、泊まってゆっくりできるでしょ」

突然言われてびっくりした。確かに、今日は民宿の宿泊客がいないので、朝はいつもよりゆっくりできる。しかし、よく知らない人の家に泊まるのはどうなのだろう。それに今は、気を緩めるとすぐに寝てしまいそうなほど酔っている。人の家に上がってすぐ寝てしまったら失礼だろう。いや、この場合は断る方が失礼なのだろうか。

内心でおろおろしていると、隣からポカッと頭をはたかれた。

「おい、お前はゆっくりしてる暇なんかないだろ。明日は朝から仕事覚えるんだよ」

和臣が怒ったような顔をして睨んでいる。そうか、自分は遊んでいる暇なんてないんだったと我に返った。

「そ、そうですよね。すみません」

隣と向かいに交替に頭を下げると、安永は「えーっ」と残念そうな声を上げた。

「厳しいなあ。いいじゃない、こんな日くらい。ねえ？」

最後に同意を求められ、どう返したものか戸惑う。すると今度は反対隣の怜司が助け船を出してくれた。

「安さん、絡み酒はNGだよ。あと、うちの若い子に手え出そうとしないで」

それはいつも通り、穏やかな口調だったが、どことなく声が低い。振り返ると満面の笑みを浮かべていて、どうしてか怖いなと思ってしまった。安永も同じように感じたらしく、不意に勢いをなくして「わかったよ……」と大人しくなった。

「伍夏も、そろそろウーロン茶がいいかな」

珍しく強引にグラスを変えられて、しかしもう酒は充分だと思っていたのでホッとする。

安永はそれからめっきり口数が少なくなったが、代わりに他の人たちがあれこれと話しかけてくれて、その後も楽しく過ごすことができた。

宴会は真夜中近くまで続き、怜司が「そろそろ……」と切り出してようやくお開きになった。れんげと花山はいつの間にかいなくなっていた。

酔っ払いたちがざっと後片づけをして、帰っていく。徒歩圏内の人たちは自宅に帰り、残りは花山たちの部屋に泊まるそうだ。自宅に帰るという安永は去り際、なぜか伍夏の手をぎゅっと握った。

「じゃあね、伍夏ちゃん。今度うちに……」

「安さん、何してるの？」

背後から、やけに朗らかな怜司の声が上がって、安永はそそくさと帰って行った。

「伍夏も嫌なら嫌って、はっきり言っていいんだよ」

闇に消えていく男を見送りながら、怜司が言う。泊まらないかと誘われたのは困ったけれど、嫌ではなかったなと思ったので、「嫌じゃないです」と答えた。怜司はそれに、ちょっと驚いたように目を見開く。やがて軽く肩をすくめた。

「そう？　まあ、安永さんも悪い人じゃないからね。君がいいなら、反対はしないけど」

「あ、でも、仕事はちゃんとします。勝手に泊まりに行ったりしません」

安永の家に泊まる、と言っていた話だと思い、慌てた。

年の離れた友達ができるのは嬉しいけれど、今はきちんと仕事ができるようになりたい。

言い募る伍夏に、怜司はくすっと笑う。

「うん、わかってる」

汚れた食器は明日片づけることにして、解散になる。民宿のスタッフとも打ち解けられたし、思った以上に楽しかったな、とほっこりした気持ちで二階に上がった。

部屋に入るとすでに和臣がいて、自分のベッドに腰掛け、携帯電話をいじっていた。お風呂、先にどうぞと言いかけて、彼が不機嫌なことに気づく。じろりとこちらを睨んだ。

「お前さ、ちょっとは自重しろよ」

自分に怒っているのだとわかり、困惑する。だが同時に、この状況に既視感を覚えて青ざめた。酔いが急速に冷めていく。

「仕事以外の時間は、何してようと自由だけど。俺、職場が動物園みたいになるのは好きじゃないんだよな」

動物園の意味がわからない。でも自分はまた、何かしてしまったのだ。何だろうと急いで思考を巡らせる。安永と仲良くしたことだろうか。外泊は断ったけれど、一人の人と仲良くするのはまずかったのだろうか。

怜司も嫌なら断っていいと言っていた。きっと、伍夏の奇行をいさめようとしていたのだ。何がいけなかったのだろう。何をしたのだろう。

――おかしいってことに気づかないのが異常なんだ。

秀人の声がこだまする。自分が何をしてしまったのか、親切に話しかけてくれた安永も、内心では呆れていたのだろうか。

「すみません……」

理由を見つけ出せないまま、謝罪の言葉を口にする。うつむくと、和臣が舌打ちするのが聞こえて、足が震えた。

でも、と胸が縮こまるのを感じながら思う。わからないままだと、また同じことをしてしまうのだろう。

それにもうどうせ、和臣にはさんざん呆れられて、軽蔑されている。すみません、ともう一度謝って、教えてくださいと顔を上げた。

「俺、何をしたんでしょうか」

「何って……」

まっすぐ和臣を見ると、相手は困惑した表情を浮かべた。

「俺が非常識なのはわかってるんです。おかしいことに気づかないのが異常だって、人から言われたし。怜司さんがさっき、何か言おうとしてたのもわかるんだけど。でも、どこで間違ったのかわからなくて。……俺はさっき、場の空気を壊すようなことしたんですよね。安永さんとか他の人たちに、失礼なことをしてたんでしょうか」

言葉を考えて選びながら、必死に伝えた。和臣の表情が奇妙なものを見るような目に変わり、しまいに眉尻が毒気を抜かれたように引き下がった。

「え……安永さん？」

「はい。いっぱい話しかけてくれたり、気を遣ってくれてるのはわかってるんですけど」

「いやいや、わかってないだろ、それは。まさか、そこから気づいてなかったのか」

唖然《あぜん》としたように言われ、情けなくなった。すみません、とまた謝ってしまう。

「すみません。俺は、何に気づけないのかもわからないんです」

悲愴《ひそう》な気持ちになって思わずうつむくと、頭上に「あー、な」と拍子抜けするようなとぼけた声がかけられた。

「念のため聞くけど。天然装った腹黒じゃねえよな？」

わからないふりをして何か企《たくら》んでいる、ということだろうか。企んで何の得があるのだろう。少し悲しく思いながら、首を横に振った。

「俺、そんなに頭よくありません」

「そうだな。腹黒なら、もうちょっと要領よくボケるよな」

すぐに納得された。それはそれで複雑なのだが。

「じゃあ、安永さんがお前を口説いてたのも気づかなかったか」

口説く、という言葉の意味を反芻《はんすう》してみる。

「俺、男ですけど」

恐る恐る返すと、怪訝な顔をされた。

「ゲイなんだからアリだろ。安永さんもゲイだ」

「えっ、そうなんですか」

全然、わからなかった。そう言われれば確かに、「可愛い」と言われたり、意味もなく手を握られたりしたが、そういう意味だとは思わなかった。

(ゲイだなんて紹介されなかったし)

しかし、同類は何となくわかる、と初日に和臣は言っていた。普通はみんな、パッと判断がつくものなのだろうか。でも伍夏にはわからない。恋人は秀人が初めてで、ずっと秀人だけを見てきたから、他のゲイの人がどんな風なのかもよくわからないのだ。

「すみません、知りませんでした」

「いや、別に謝ることじゃないけど。本当に気づかなかったんだな。ちなみにぶっちゃけると、さっきの紅一点の鈴木《すずき》さんはレズビアン。花山さんは元ノンケのバイで、怜司さんはゲイだな」

「えっ、えっ」

まったく気づかなかった。鈴木という女性はともかく、花山と怜司までもがそうだったなんて。

「そういうの、言っちゃっていいんですか」

それは、秘められた情報なのではないか。心配になったが、和臣は軽く肩をすくめた。

「いいんじゃないのか？　客に対して大っぴらに言ったりはしないけど、特に隠してないから。ここの人たちはみんな知ってるし。お前がゲイだってことは、怜司さんたちも薄々勘付いてるんじゃないかな。だから安永さんも、ああいう風に口説いてきたんだろ。あ、花山さんはお前と同じくらい鈍いから、ひょっとしたら気づいてないかもな」

知らなかったのは自分だけだったらしい。だがこれで、伍夏もようやくうっすらと状況が理解できた。

安永が伍夏を口説くのを、怜司も和臣も止めようとしてくれていたのだ。伍夏が安永の誘いが嫌ではなかった、と言った時、怜司が微妙な顔をしていたのもわかる。

ほとんど知らない相手の誘いにホイホイ乗るのだから、二人が呆れるのも当然だ。安永にだって、軽い奴だと思われただろう。何も気づかない自分が恥ずかしくなった。

「すみません」

「いや、こっちが悪かった」

消え入りそうな声で謝った途端、そんな言葉が返って来る。驚いて見返すと、和臣はバツが悪そうな顔をした。

「別にお前は悪くないよ。かなり鈍いけどな。それだって、別にお前のせいってわけじゃない。相手は酔っ払いだし、馴れ馴れしくされたからって、自分に気があるとは思わないさ」

「でも、普通は気づくんですよね」

鈍すぎる、と秀人にも言われた。人が発するサインにも気づかないと。だが和臣は首を横に振って苦笑する。

「俺も怜司さんも、安永さんが同類って意識で物を見てるから。そういう意味では、お前はノンケの発想に近いのかな。とにかく、自重しろとか言って悪かった。お前は何も、悪いことも礼を失するようなこともしてない」

きっぱりとした声に、ホッとして身体の力が抜けた。へなっとその場に座りこんでしまった伍夏に、「おい」と和臣が慌ててベッドから腰を浮かせる。

「良かった。また、やっちゃったかと思った……」

安心したら、ぽろっと涙がこぼれてきて、びっくりした。慌てて目を擦《こす》って顔を上げると、和臣も困った顔をしている。

「すみません。酔っちゃったみたいです」

笑おうとしたが、スイッチが入ってしまったのか、上手く笑えなくてまた顔が歪《ゆが》んだ。

「また、って。何かあったのか。ここのバイトに来る前に」

和臣はベッドから浮かしかけた腰を下ろし、伍夏をじっと見つめる。図星を指されて口ごもると、「言いたくないなら、無理には聞かないけど」と前置きをして言った。

「ここに来た時、やたらとビクビクしてたよな。ちっとも笑わないしさ。客商売におよそ向いてないと思ってたんだ。花山さんの前評判とまったく違う。けどさっきのお前は、安永さんと普通に笑って人懐っこく接してた。そっちが本来のお前なんじゃないかと思って」

本来の自分。甘えたがりで我がままで非常識で、だから捨て去らなければいけないと思っていた。でも違うのだろうか。

何が正しくて正しくないのか、自分ではわからない。秀人のことを話すのは、辛い記憶が蘇って嫌だったけれど、どうしても確かめたくて、ぽつぽつと話し始めた。

初恋の彼と高校から付き合い始めたこと。けれど一カ月前に突然、付いて行けないと別れを告げられたこと。秀人に言われた言葉や、兄姉がそれを肯定したことも。

戸口に座り込んで話すのを、和臣はベッドの上で黙って聞いていた。

「――最悪だな」

やがて吐き捨てるように呟くのが聞こえた。青ざめると、和臣は「お前じゃない」と困ったように笑う。

「相手の男だよ。ヒデトだっけ？　何だそいつ。要はその友達に体よく乗り換えるために、お前を悪者にしたんだろ」

「ほ、本当に？　そう思いますか」

「お前の話を聞いてる限りではな」

「俺、嘘は言ってません」

「だろうな。それでも、二人のことは二人にしかわからない。俺は伍夏の話しか聞いてないから、お前にまったく落ち度がなかったなんて断言できない。けどその恋人は、お前の態度が嫌なら嫌って言えばよかったんだ。それを本人には黙ってて、陰で友達に愚痴を言ってるって最低だろ。挙句にその友達と二股《ふたまた》かけてた。恋人がどんな性格だろうと、そこは正当化するべきじゃない」

和臣の声は淡々としていて、だからこそ、伍夏の心にすんなりと染み込んだ。

「兄姉だって、お前の話を最初から最後まで聞いたら、俺と同じことを言ったと思うけどね」

「そう、でしょうか……いえ、やっぱりそうなんですよね」

「まあタイミングが悪かったというか。元親友で、ずっと信頼してた恋人にいきなり裏切られて暴言吐かれたんだ。トラウマになるよな」

ひどい話だな、と和臣が言う。そう、ひどい思い出だ。

伍夏もまた、家に帰って兄姉に言われるまで、秀人の言葉をひどいと思っていた。

「俺、現実逃避してたのかも」

「あ?」

「秀人は親友で恋人で、ずっと信じてた。俊だって秀人ほどじゃないけど、仲が良くて信頼していて……」

その二人に裏切られた。誰よりも信頼していた秀人に、ひどい言葉を投げられた。信じられなかったし、今まで自分は、秀人の何を見てきたのだろうと思ったのだ。

性指向に悩んでいた中学生の時、秀人は伍夏を救ってくれた。ぼんやりした伍夏とは違って、彼はよく人の気持ちに気がついて、伍夏が辛い時や沈んでいる時にはさりげなく優しくしてくれた。秀人が自分を好きだと言ってくれて、恋人になれたことは奇跡だと思ったのに。

ある日突然、伍夏が思ってもみないタイミングで彼は態度を変えた。憎々しげにひどい言葉を吐く秀人を見て、自分はいったい、今まで何を見てきたのだろうと愕然としたのだ。

秀人が自分に与えてくれた、何もかもを否定された気がした。彼の自分に対する愛情さえも、嘘だったのではないか。

そんな疑惑が頭を過らなかっただろうか。それよりも秀人の言葉が正しくて、伍夏の性格が破たんしていたから捨てられたのだと考える方が、楽だったのではないか。

非常識な性格を直したら、秀人が戻って来てくれると考えたのか。そんなことはあり得ないと、わかっていたけれども。

だが今、和臣の静かな言葉を聞いて、ハラハラと自分を覆っていた殻が破れ落ちていくような、そんな気持ちになった。

「お前の内省は知らないよ。別に難しい話じゃないんじゃないか。ただ、お前の男を見る目がなかったってことだよ」

「そうか……はは……」

身も蓋《ふた》もない結論だ。でも、しっくりくる。そう、男を見る目がなかった。いい奴だと思っていた恋人は、卑怯《ひきょう》な二股男だった。それだけだ。

笑うと涙がこぼれて、ああやっぱり酔ってるな、とまた笑った。涙を拭ってまた顔を上げると、和臣が立ち上がって、すぐ間近まで来ていた。大きな手が伸びてきて、くしゃりと伍夏の頭をかき混ぜる。

「ダメ男のことは忘れちまえ。お前は確かに、甘えてるしボケボケで鈍いけどな」

「ひどい」

フォローになってない。恨めしげに見上げると、和臣はくすっと笑った。その顔がカッコ良くて、少しだけ胸が高鳴る。

「お前は悪い奴じゃない。それは保証する」

ありがとう、と言おうと思ったが、言葉にならなかった。ぶわっとダムが決壊したかのように、涙が溢れる。

「すみません、酔ってます」

何度目かの言い訳に、和臣はただ笑って、また伍夏の頭を撫でた。

四

勝手口を開けた途端、ふわりと甘く優しい匂《にお》いが漂ってくる。パンケーキの焼ける匂いは、どうしてこうも心をわくわくさせるのだろう。

「ね、れんげ」

リードを外し、はちみつ色の塊に話しかけると、れんげは「なにが？」というように首を傾《かし》げた。伍夏《いつか》が雑巾《ぞうきん》を床に置くと、足をゴシゴシ拭《ふ》いて見せる。それでまた、「ちゃんと拭きました。どうですか」というようにこちらを窺《うかが》うのだ。伍夏は思わず、メロメロと相好を崩してしまう。

「お利口だなあ、れんげは」

「おい伍夏。早く夕食のセッティング手伝え。今日は団体が来るんだから、時間ないぞ」

客のいなくなったテーブルから食器を下げていた和臣《かずおみ》が、じろっと睨《にら》んでくる。

「あっ、はい」

アルバイトを始めて二週間。ミスがめっきり減って、できる仕事も増えてきた。ここ数日は、フロアで接客をすることが多くなっている。

元気になったね、と先日、怜司《れいじ》に言われた。自分でも、憑《つ》き物が落ちたようにくよくよしなくなり、人に接することが怖くなくなった。まだふとした拍子に秀人《ひでと》のことを思い出し、胸がぎゅっと痛くなる時があるけれど、怖くて判断力を失うことはなくなった。

それもすべて和臣が冷静に、客観的な言葉をくれたお陰だ。相変わらず言い方がきついけれど、怖いとは思わなくなった。彼には感謝している。

秀人の裏切りと暴言は悲しかったけれど、きっと自分も彼の言うように、甘えて依存していたところがあったのだと思う。だから秀人の気持ちも冷めてしまったのだ。

もっと大人になりたい。自分のことばかりじゃなくて、人の気持ちがわかるようになりたい。そんな風に、前向きに考えられるようになった。

恐怖が取り去られた後は、仕事が毎日楽しい。同時に、今まで本当に何もできなかったのだと実感した。

このアルバイトをきちんとやりきって、そうしたら少しは成長できるだろうか。

「あれ、今はお客さんゼロですか」

テーブルはすべて綺麗《きれい》に片づいていて、今、和臣が皿を下げたのが最後のようだ。パンケーキを焼いているので、てっきりオーダーが入っているのだろうと思っていた。

「あ、それは俺の。今日は忙しくて夜の休憩が遅くなりそうだから、今のうちに軽く食べさせてもらうんだ」

「いいなあ」

ふつふつと音のするフライパンを見ながら、思わず声が漏れてしまう。

スフレパンケーキは、初日に一度食べたきりだ。薄いパンケーキは賄《まかな》いに出してもらったことがあるが、分厚いものは焼き時間がかかってお客のオーダーの邪魔になるので、また食べたいとは言えずにいた。

「ちゃんと伍夏の分もあるよ」

怜司に言われて、ぱあっと心が華やいだ。いそいそと食器の片づけをして、頼まれた仕込みが終わる頃には伍夏の分のパンケーキが焼き上がっていた。

「お客さん来ないから、和臣と食べておいで」

「はい。ありがとうございます」

ほかほかのパンケーキを受け取って、先に休憩に入っている和臣の向かいに座る。

「あっ、和臣さん。目玉焼き載せて食べてる」

さっきトースターで何かやっていると思ったが、卵を焼いていたらしい。

「やらねえぞ。食べたきゃ自分で焼け」

「いいです。そんな邪道な食べ方」

「邪道じゃねえよ。俺は甘いより、しょっぱい方が好きなんだ」

確かにパンケーキには、卵やソーセージ、サーモンを載せても美味《おい》しい。

「でもこのスフレパンケーキはやっぱり、はちみつとバターのハーモニーを楽しまないと」

一人で悦に入って、はちみつをたっぷりかける。「何がハーモニーだよ」という、向かいからの突っ込みを聞きながら、さっくりと生地を切り分け頬張《ほおば》る。パンケーキの香ばしさと、はちみつの甘みが身体《からだ》に染みわたり、疲れが取れる気がした。

「お前、いつも美味《うま》そうに食べるよな」

パンケーキに耽溺《たんでき》していると、早くも皿を空にした和臣が、感心と呆《あき》れの混ざった視線を寄越した。そんな和臣も、美味しそうによく食べる。食べ方も綺麗で品がある。どんな時でも常に背筋がぴんと伸びていて、口調がぶっきらぼうなわりに滑舌もしっかりしている。だからがさつな印象を人に与えないのだろう。

ぶっきらぼうと言っても、愛想がないのは怜司や伍夏、つまり上司と後輩に対してだけで、お客にはびっくりするほど愛想がよくて感じがいい。初めて彼の営業スマイルを見た時は、唖然《あぜん》としたものだ。

『驚いたでしょう。彼、接客の元プロだからねえ』

その時、怜司がおっとり笑ってそう言った。仕事がいっぱいいっぱいで、詳しくは聞けなかったが、このカフェのバイトに限らず、接客の経験が豊富なようだ。

普段は客に対して、口角を上げてうっすら微笑《ほほえ》んでいるが、ここぞという時にだけ、にっこりと満面の笑みを浮かべて見せるのだ。どちら様ですか、と問い質《ただ》したくなるくらい、人懐っこく屈託のない笑顔で、女性ばかりか、年輩のお客まで引き込まれてしまう。

かくいう伍夏も、正面からたまたまその笑顔を拝んでしまい、ついつい胸がキュンと疼《うず》いてしまった。たぶん、直接この笑顔を向けられていたら惚《ほ》れていた。お客じゃなくて良かったな、としみじみ思う。

だって地の和臣はこんなに愛想がないし、客以外には厳しいのだ。

（厳しいだけじゃなくて、優しいところもあるけど）

最近、ようやく周りが少しずつ見えるようになって、和臣がこれまでいかに、伍夏のフォローをしてくれていたのかがわかった。

怜司のようにわかりやすい優しさではないけれど、伍夏が混乱して取りこぼしている作業を、さりげなくカバーしてくれていたりする。

それに秀人に振られた一件を話して以来、以前よりも人当たりが柔らかくなった。伍夏が傷つくのがわかっているから、むやみに「甘えてる」などと叱《しか》らない。

和臣にまで気を遣わせているのが申し訳なくて、もっと頑張ろうという気持ちになった。

（この人も、謎の人なんだよな）

同じ大学だということは聞いたが、それ以外の情報は知らないままだ。彼はおよそ、自分自身の話をしない。民宿のスタッフと話す時は、少なからず互いのバックグラウンドを聞いたり話したりする機会があるのだが、和臣は仕事の話以外、部屋に二人でいる時もほとんど会話がなかった。

伍夏は疲れて寝てしまうし、和臣も仕事の後は勉強ばかりしているから、というのもあるが、プライベートな話をしたのは伍夏が秀人の話を打ち明けた時だけだった。

容姿端麗で立ち居振る舞いにも品があり、いいスーツを着ていればそれだけで、どこぞの御曹司にも見える。なのに接客に慣れていて、どんな作業でもそつなくこなす。かと思えば、料理もかなりのもので、カフェの定番のメニューの幾つかを任されたりもしている。

夜になると熱心に勉強をしているが、何の勉強なのかよくわからない。先日、尋ねてみたら、

『法律の勉強』

と返ってきた。法学部なのだから当たり前だ。あまり深く聞くのも悪いかと思い、それきりにしている。

「……なんだよ」

ぼんやりと和臣を眺めていたら、怪訝《けげん》そうな顔をされた。慌てて首を振る。

「いえ。食べ方が綺麗だったなって。意外と品がいいというか」

思っていたことの一部を打ち明けると、「意外とは余計だ」と嫌そうな顔をする。それからふと、自嘲《じちょう》するように唇の端を歪《ゆが》めた。

「まあ食べ方は、家が厳しかったからな」

鬱屈したその笑い方に、伍夏はちょっと驚いた。何か悪いことを言っただろうか。だが和

臣はすぐに「ご馳走様《ちそうさま》」とこれも行儀よく手を合わせ、食器を持って立ちあがる。

慌ててパンケーキにパクつく伍夏に、「まだ休憩中だろ。ゆっくり食ってな」と笑う彼はいつも通りで、気のせいだったかと思い直す。

パンケーキを堪能《たんのう》して休憩を終えると、それからは忙しかった。その日は団体客で民宿はほぼ満室となっており、さらに宿泊以外の客も普段より多かったから、三人ともろくに休憩も取れないほど忙しかった。

「お疲れ様。今日はよく頑張ったね」

閉店後、怜司にそう言われた時は、もうヘトヘトに疲れていたけれど、充実感もあった。キッチンで料理に忙しい怜司と和臣のかわりに、今日はほとんど一人でフロアを動き回って、少しは役に立ったような気がしたからだ。

「珍しく活躍したじゃないか」

和臣にまでそう言ってもらえて、嬉しかった。

「明日もこの調子で頼むな」

ぽん、と大きな手で頭を撫《な》でられて、パンケーキを食べた時のような甘い感動が胸を過《よぎ》る。

団体客は明日の朝にチェックアウトなので、朝食までは忙しい。張り切ってうなずいたところに、「ちょっと、伍夏に話があるんだけど」と引きとめられた。

もしかして、接客に問題があったのだろうか、と青ざめる。だがそんな顔色を読んで、怜司は「悪い話じゃないよ」と笑った。

「伍夏は和臣と同じ大学なんだよね。ってことは、夏休みの終わりも同じ？」

「はい、そのはずです」

学部によって期間が異なるというのは聞いたことがないので、二人とも九月の下旬までは休みのはずだ。

「もし君が良ければ、なんだけど。アルバイトを延長できないかな。できれば、和臣と同じ九月の中旬まで」

当初は一カ月の予定だったが、もう二週間、伸びることになる。

「予定もあるだろうし、無理にとは言わないんだけど。民宿のスタッフが休暇を取ってたんだけど、戻ってこれなくなっちゃってね。新しくバイトを雇うより、慣れてきた伍夏にお願いした方が助かるんだ」

予定では伍夏が抜けた後、休暇を取っていた民宿のスタッフがカフェに回るはずだったらしい。実家に帰省していたそのスタッフは、家の都合で予定通り戻ることができなくなってしまった。

八月ほど忙しくはないにしても、九月もまだ夏休みの客で混《こ》み合うらしい。一人欠員が出るのはきついだろう。

「返事はすぐじゃなくていい。おうちの人に相談してから……」

「やります。やらせてください」

考えたのは一瞬で、伍夏はすぐにそう答えた。

「家にはきちんと言います。もうちょっと、俺も続けたいと思ってたから」

ようやく慣れた頃だ。あと半月で終わるのは寂しい。そんなことを考えていた矢先の誘いだったから、嬉しかった。

ちゃんと店の役に立っている。そうでなければ、いくら優しい怜司だって、アルバイトを延長させようとは思わないだろう。

「よろしくお願いします」

頭を下げると、怜司もにっこり微笑んだ。

「こちらこそ。引き受けてくれて嬉しいよ」

「あの、もっと戦力になるように頑張ります」

役に立っていると言っても、まだまだ怜司や和臣に遠く及ばないのはわかっている。たった一カ月半で仕事が完璧になるわけでもないだろうが、少しずつでも成長したい。

この仕事をちゃんと終えられたら、東京に帰ってからもっと家の手伝いをして、それからアルバイトを見つけようと考えていた。何しろこれまで、誰でもできて当たり前のこともできなかったのだから。

「大丈夫。もう伍夏は立派な戦力だよ。最初はどうなるかと思ったけど、この一週間でずいぶんとできるようになったし。お客様に対しても感じがいいし。ね、和臣」

「まあ最初が最初でしたからね」

怜司が同意を求めたのに対し、和臣が身もふたもないことを言う。まあそうですよね、と伍夏も苦笑いした。

「けど真面目なのは助かってる。手を抜かないしな。プライベートでも、同僚の俺におかしな色目使ったりしないし、襲わないし」

「襲いませんよ！」

いきなり何言い出すんだこの人は、と憤ったが、怜司は何かわけを知っているのか、「ああ、ねえ」とあいまいに笑った。

「いちおう、スタッフの採用は本人と直接会うか、信頼のおける人から紹介してもらうんだけど。色々な人がいるからね。でも本当に、伍夏がきちんとした子でよかったよ」

どうやら過去に、素行不良の短期バイトがいたらしい。

「色んな人っていえば、安さんはその後、ちょっかいかけてきたりしない？」

そういえば、と怜司が切り出す。

「いえ、大丈夫です。普通に接してくれますし」

あの歓迎会の後、伍夏は怜司に、安永《やすなが》の意図にまったく気づいていなかったのだと打ち明けた。和臣に言われて初めて気づいたと言うと、怜司は驚いていたが、安永にもそれとなく伝えてくれていたらしい。

あれから安永と何度か顔を合わせているが、最初に「こないだは酔っぱらって、セクハラしてごめんね」と謝られた以外は、お互いに他のスタッフと同じように接している。

「そう。安さんのことに限らず、困ったことがあったら言ってね」

怜司は柔らかな口調でそう言ってくれた。

仕事が終わると、伍夏はさっそく家に電話をし、アルバイトを延長することを伝えた。両親と祖父母は心配したが、今回も兄と姉が味方についてくれたお陰で、延長もわりあいとすんなり聞き入れられた。

それでも、一度帰ってくれれば、とか、じいちゃんたちも遊びに行こうか、などと言い出すので、しばらく宥《なだ》めなくてはならなかったが。

店の一階で電話を終えた後、二階に戻る。和臣がバスルームから廊下に出たところにかち合い、ぶつかりそうになった。

「おっと、悪い」

「すみません」

ぶつかる一歩手前で互いに身を引いたが、分厚い胸板が目の前にあって、どぎまぎしてしまった。

風呂上がりの和臣は、上半身に何も身につけないことが多い。汗が引くとTシャツを着るのだが、男らしく均整の取れた裸体を見せつけられると、ゲイとしては目のやり場に困ってしまう。

「風呂、お先に入らせてもらった」

「じゃあ俺も、入ろうかな」

何となく下半身が重くなって、そそくさと自分のスペースに向かった。そういえば、ここに来てからずっと自分でしていない。最初はビクビクしていて性欲どころではなかったが、少し余裕ができてきたせいか、勃ちやすくなっている気がする。

「家族は許してくれたのか?」

なるべく和臣を見ないようにしていると、声をかけられてドキッとした。

「はい。一度帰って来いとか、祖父母には逆にこっちに遊びに来たいとか言われましたけど」

過保護なんですよね、と自嘲気味に言う。

「いいじゃないか。それだけ可愛がられてるってことだ。五人兄弟だったか。それでお祖父《じい》さんたちも一緒なのか?」

「はい、父方の祖父母と同居してるんで、九人家族です」

「今どき珍しいな」

「そうですね。上の二人は独立しましたけど、それでも七人家族だから騒がしいですよ。母方の祖父母も近所にいるし、親戚もすごい数だし」

法事などで親戚同士の食事会をする時は、店ごと借り切らなければならない。伍夏は生まれた時からの光景で慣れているが、結婚して姻戚《いんせき》関係になった人は大変だろうなと思う。

「いい家族みたいだな」

相槌《あいづち》に過ぎないその声が、いつもより低く静かに感じられて、思わず顔を上げた。だが和臣の表情は、普段と変わりがない。

「ん？」

「いえ……そうですね。時々鬱陶しいですけど、ありがたいなと思います」

どこか辛《つら》そうに聞こえたのは、気のせいだったのだろうか。そういえば、和臣の家族はどうなのだろう。出身地も家族構成も聞いたことがなかった。

「風呂、入るんだったな。俺、シャワーしか使ってないから。湯船に入るならお湯溜《た》めて」

「あ、はい」

尋ねてみようか、と口を開きかけた矢先、話題を変えられてしまった。そういえばお風呂に入るんだった、と思い出し、同時に和臣の裸体にどぎまぎしかけたことも思い出してしまった。

「久しぶりに、湯船に浸《つ》かろうかな」

妙な雰囲気にならないよう、どうでもいいことを呟《つぶや》いてみる。明日の朝一当番は和臣だから、伍夏は少しゆっくりできる。

湯船には気が向いた時に入るが、夏場なのもあって、和臣も伍夏もシャワーだけで済ませることも多かった。ちょうど明日は、伍夏が洗濯当番だ。のんびり湯船に浸かって残り湯を洗濯に回そうか、などと考えながらバスルームに向かう。

浴槽にお湯を溜めている間、身体と髪を洗う。ふと視線を落とすと、下半身が緩く立ちあがっていた。

(今のうちにしようかな……)

お湯を溜める音とシャワーの音が浴室に響いている。今なら水音でうまく物音がかき消されそうだった。

和臣とは廊下を隔てた別の部屋にいるので、こちらが何をしても気配が伝わることはまずないのだが、静かな場所でやるのは何となく落ち着かないのだ。

今なら大丈夫、と気持ちが落ち着いたので、そろそろと自分の性器に手を伸ばす。久しぶりに触れるせいか、いつもより感じやすい気がした。

「ん……」

シャワーに打たれて、淡い色の乳首がひくんと勃ちあがる。片手でペニスをしごきながら乳首を捻《ひね》ると、ぞくぞくと快感が押し寄せた。

伍夏はここが弱いのだ。秀人に開発されたから、というわけではなくて、もともとそうだったらしい。女の子みたいで恥ずかしいのだが、自分でする時はつい、いじってしまう。そのせいか、両方の乳首は少しいじっただけでぷっくりと立つようになってしまった。

「……ふ……ん」

もう少しで達しそう、というところで、先ほど見た和臣の裸がまぶたに浮かび上がる。途端に快感が強くなり、伍夏は慌てて映像を振り払おうとした。

「だ、だめ……」

和臣でイクなんて、バツが悪い。何か別のことを考えよう、と和臣以外の具体的な映像を思い浮かべることに意識を集中した。

しかしどうやら、集中しすぎていたらしい。

「おい、大丈夫か？　入るぞ」

コンコン、と浴室のドアを叩く音と、和臣の声が聞こえた。えっ、と思う間もなくドアが開き、和臣が顔を出す。伍夏は自身を握ったまま凍りついた。

和臣もまた、伍夏の姿を目にした途端、息を飲んで立ちすくむ。

「……悪い。髭剃《ひげそ》り取らせてくれって、外から声かけたんだけど……」

冷静な声に、ぶわっと羞恥《しゅうち》が弾《はじ》けた。

「わああ……」

相手の視界から消えようともがいたけれど、狭い浴室にそんな場所はない。わたわたと無駄にあがいて、つるりと足を滑らせた。

「う、わっ」

「おい」

転びかけた伍夏の腕を、素早く和臣が摑《つか》んで抱きよせる。

「あぶねえな」

頰に息がかかり、濡《ぬ》れた素肌が相手の胸に密着している。羞恥と、それにもう一つ別の物が首をもたげ、慌てて身体を離そうとした。だがもがく伍夏を、逞《たくま》しい腕が強く抱きしめる。

「落ち着けよ。誰でもすることだろ。見たからってからかったりしない」

「そういう問題じゃないです……」

恥ずかしい。死にたい。腕の中でボソボソ呟くと、「大げさだな」と呆れたように言われた。

「カミソリ、ヒゲ剃るのに使って、置きっぱなしにしてたんだ。忘れそうだから先に取らせてもらおうと思ったんだよ。いちおう、外から声をかけたんだけどな」

「すみません、集中してました……」

まったく気づかなかった。こっちは恥ずかしくて泣きそうなのに、そう言った途端、盛大に噴き出された。

「は、は……そうか、集中してたのか。悪かったよ」

「うう—」

ツボに入ったようで、和臣は声を上げて笑う。こんなに良く笑う和臣は初めてだ。だがまったく嬉しくない。再びもがいて、どうにか和臣の腕から抜け出すと、恨めしげに相手を睨み上げた。

「悪かったって。しかし、お前も男だったんだな。何となく想像つかなかったけど」

何時になく楽しそうに言って、伍夏の下半身を見る。慌てて手で隠した。

「つかなくていいです」

「萎《な》えちゃったか。手を貸そうか？」

「最低！　セクハラ禁止！　もう、早く出てってください」

壁際にへばりつきながら叫ぶと、和臣はやっぱり楽しそうに笑い、ようやく出て行ってくれた。最後に、「ごゆっくり」と余計なことを言うので、シャワーのノズルを向けてやった。寸でのところで浴室のドアは閉まり、ドアにシャワーのお湯がかかる。

「もう最低！」

ゆっくりなんて、できるわけない。

(でも、その前はちょっとカッコ良かったけど)

転びそうになった伍夏を抱きよせてくれた。思い出すとドキドキして、また欲望が復活しそうになる。それでも和臣を想像してするのは後ろめたくて、結局何もできないまま素早く風呂に入る羽目になった。

「ずいぶん早く済ませたな」

部屋に戻ると、勉強机に向かっていた和臣が、わざわざ振り返ってそんなことを言う。まだ言うか、と腹が立って、伍夏はバスルームから持って来たカミソリをぽすんと相手に投げた。

「おい刃物だぞ。あぶないな」

「キャップついてるでしょ。それ以上言ったら、俺もう、和臣さんと口きき ませんからね」

本当に怒るぞ、という気概を込めて宣言したのだが、その物言いがなぜかまた、和臣のツボにはまったらしい。噴き出しかけて、慌てて口を押さえていた。伍夏はそれを、思いきり睨む。

（本当にこの人、デリカシーがない！）

ドスドスとわざと足音を立てて部屋を横切ると、ベッドに入って頭から布団を被《かぶ》った。もう今日は、和臣と話をしないと決める。

「悪かった。おやすみ」

伍夏の決意が伝わったのか、やがて微《かす》かに笑いを含んだ声が聞こえた。しばらく黙っていたが、何となく無視するのも悪いような気になった。

「……おやすみなさい」

ぼそっと呟くと、声を殺して笑うのが聞こえる。

答えなければ良かった。伍夏は布団を被ったままむくれ、それからやがて、眠りに落ちていた。

和臣のセクハラのせいで、翌日も伍夏の機嫌は悪かった。

話しかけられてもツンツンして、和臣がまたそれを面白がっていじろうとする。怜司が目を丸くして「何かあったの」と尋ねてきたが、伍夏は「何でもありません」と答え、和臣が怜司に暴露しようとするのをキリキリ睨んで阻止した。

そんなことがあったからだろうか。

「明日の休み、車借りるからさ。観光に回らないか。お前、まだこっちに来てからどこも遊びに行ってないだろ」

伍夏の機嫌を取るため、というわけではないのだろうが、その日の仕事終わりに、和臣から誘われた。

この二週間、休みは交替でもらっていた。店の車を借りれば遠出もできるが、伍夏は車の免許がないので、休みの日も周囲をぶらぶらするか、買い出しに行く民宿のスタッフに付いて、駅まで行くのがせいぜいだった。

ここはいわゆるリゾート地ではないけれど、せっかく遠方までバイトに来たのだから、観光しない手はないだろう。二人一緒に休みが取れる日は、きっとこれからもそう多くはない。

「行きます……セクハラしないなら」

じろ、と睨みながらうなずくと、和臣は破顔した。

「わかった。もういじらないって」

営業スマイルではない、その笑顔は自然で、どきりと胸が跳ねた。

(悔しいけど、カッコいいんだよね)

容姿だけでなく、ぶっきらぼうだけど優しい。ドキドキするのも仕方がないと思う。

しかしこれ以上は、気持ちが大きくならないように気をつけなければならない。つい先日も、過去に同室アルバイトから迫られて困った、という話を聞いたばかりだし、伍夏のことは興味がないと、初日にきっぱり言われている。もし伍夏の気持ちが恋に発展などしたら、和臣を困惑させるだけだ。

失恋にかまけてウジウジしていた伍夏を、和臣は引き上げてくれた。本人はそんなつもりはないのかもしれないが、彼に感謝している。

和臣だけではない。まったくの素人《しろうと》で使えない伍夏を雇ってくれて、忙しいのに一から丁寧に教えてくれた花山《はなやま》や怜司にも、迷惑をかけるようなことはしたくなかった。

それでも和臣に遊びに誘ってもらったのは嬉しくて、その日は寝るまで興奮していた。

翌朝は朝からよく晴れていた。その日はカフェも夕食からの営業で、怜司のいない店の一階で、遅めの朝食を摂《と》る。

「れんげ、元気かなあ」

今朝はまだ、あのはちみつ色のモフモフを見ていない。

「そりゃ元気だろ。ていうか、昨日の晩に別れたばかりだろうが」

「そうですけど。毎日の栄養補給っていうか」

れんげは今頃、花山にブラッシングでもしてもらっているのだろう。れんげには休みの日も毎日会っていたので、何となく物足りない気がした。

「犬好きなんだな」

「好きですよ。自分だって、れんげのこと可愛がってるじゃないですか。和臣さん、猫派ですか」

ここのスタッフはみんな、れんげのファンだが、和臣も休憩中にれんげとボール遊びをしたり、テラスで昼寝するれんげによく、ちょっかいを出したりしている。

「別にどっち派でもないな。家は親が動物嫌いで飼ったことがなかったし、俺もさして興味なかった。まあ、実際に触ってみると可愛いけどな。どっちにしても、今はアパートだから飼えないけど」

「一人暮らしなんでしたっけ。出身はどちらなんですか」

そう尋ねたのは話の流れもあったが、単純な好奇心からだ。

「言わなかったか？　実家は横浜。生まれてからずっとそっちに住んでた」

てっきり、大学が遠いので一人暮らしなのだと思っていた。

「近いんですね」

「まあ、高校の時にゲイバレして追い出されたけどな」

トーストの残りを飲み込んで、あっさりとした口調で和臣が言う。あまりにも自然だったので、こちらもあっさり流しそうだった。

「それは……大変でしたね」

何と言ったらいいのかわからず、へどもどする。すみません、と呟くのに、和臣はくすっと笑った。

「この話をすると相手も反応に困るから、あまり言わなかったんだ。別に触れられたくないわけじゃないけど、わりと重くなるから、今この話はここまで、な」

柔らかく諭されて、伍夏もこくりとうなずく。確かに、これ以上は根掘り葉掘り聞くことではないだろう。

話題は今日、どこに行くかという話に変わり、伍夏が「色々美味しいものを食べたい」というぼんやりした希望を出し、あとは和臣に任せることになった。

食器を片づけて、二人で怜司に借りたオフホワイトの軽自動車に乗りこむ。

だがエンジンをかけた途端、カーステレオから大音量のデスメタルが流れてきて、二人して飛び上がった。和臣が慌ててボリュームを絞る。

「怜司さん、また音楽止めずにエンジン切ったな」

「これ、怜司さんの趣味なんですか」

あの優しくはんなりした人がデスメタルを聞いている姿など、想像がつかない。

「クラシックとか聞いてそうだよな。俺も最初に聞いた時はびっくりした。けどあの人、結構なメタルオタクだよ。東京にいた頃も、しょっちゅうライブとかイベントに行ってたし」

和臣もおかしそうに笑う。だが「あの人」と言った時の表情が甘く愛《いと》しげに感じられて、伍夏は助手席で目を瞠《みは》った。カーステレオをFMラジオに切り替え、車はゆっくりと滑り出した。

「怜司さんとは、ここのバイトをする前からの知り合いなんですね」

「ああ。というか、ここに来たのは怜司さんからの紹介だからな。俺は怜司さんがバーやってた時の常連。それで仲良くなって、怜司さんが店を辞めてこっちに来てからも、連絡を取り合ってた。大学に入って夏休みのバイトを探してるって言ったら、うちに来ないかって言われて」

なるほど、と聞いていたが、年数を計算して首を傾《かし》げる。

「あれ、でも和臣さん。今は二十三歳ですよね」

民宿は八年目、はなカフェは今年でオープン四年目だという。怜司が東京にいたのは少なくとも五年前で、和臣は未成年だったはずだ。

「通い始めたのは十七だったたな。最初は年齢詐称して通ってたんだ」

「うわあ」

「二、三回通ったら怜司さんにバレて、酒は飲ませてもらえなくなったけど」

それでも店に通っていたらしい。そこまでしてなぜ……と考えて、普段は鈍い伍夏が珍しくぴんときた。

「怜司さん目当てでしょう」

言うと図星だったらしく、和臣は黙りこんでしまった。

「お前、珍しく鋭いじゃないか」

嫌そうに呟く。どこか照れたような声に、先ほどの甘く愛しげな彼の表情を思い出し、伍夏の胸はことりと嫌な音を立てた。

「付き合ってた、とか……？」

声が震えないように気をつけながら、どうにか口にする。だがすぐに「まさか」と笑い飛ばすような答えがあって、ホッとした。

「当時から、あっちはもういい大人だったんだ。高校生のガキなんか相手にされないよ。けど一度は憧《あこが》れるだろ、年上の人って。怜司さんも綺麗なだけじゃなくて、あの頃は夜の街の人って感じで妙に色っぽかったし」

饒舌《じょうぜつ》なのは、照れているからだろうか。和臣が懐かしそうに過去を話すたび、胸がモヤモヤして、そんな自分に驚いていた。

黙ったまま肯定しない伍夏をどう思ったのか、和臣は「ああ」と何かを思い出したように気まずい顔をする。

「お前は憧れないか。例の彼がいたもんな」

中学から秀人一筋だった。そんな話をしたし、確かにその通りだったのだけど、秀人の存在など、今の今まで忘れていた。

「でも和臣少年は、色っぽい年上の人に憧れて、お店に通い続けてたんですね」

「なんだ少年て」

和臣は嫌そうな顔をしたが、否定はしなかった。憧れていた。それは好きという感情と、どう違うのだろう。怜司に誘われてこのカフェにバイトに来たのも、怜司に会いたかったからではないか。

（今でも、怜司さんのことが好き？）

聞きたくて、でも口にはしなかった。もしも和臣の気持ちを知ってしまったら、この後に平気な顔をし続けることができなくなりそうだった。

（でも違う。これは……この気持ちは別に、恋とかそんなんじゃない）

言い聞かせるように、必死に心の中で呟く。自分がここまで動揺していることがショックだった。これ以上、気持ちを傾けたくない。

「まあ憧れてたかどうかはともかく、感謝はしてる。高校の時は家に帰っても身の置き場がなかったから」

伍夏の葛藤《かっとう》をよそに、和臣はやがてそんな風に漏らした。ハッとして運転席を見ると、和臣は前を見つめたまま薄く笑った。

「ゲイバレして追い出されたって言っただろ。高二の時、親にバレたんだ。父親に、外聞が悪いから高校卒業までは家に置いてやるって言われた。けど家にいても居場所がなくてさ。しょうがないから、なるべく家に帰らないようにしてた」

小遣いも止められたので、学校が終わるとバイトをして稼ぎ、知り合いの部屋を転々としたという。

「ひどい」

ゲイだからというだけで、実の家族にも見放されなければならないのだろうか。こらえきれずに声に出すと、和臣は「まあな」と穏やかに相槌を打った。

「荒れてたし、人間不信だったな。で、どうせなら遊んでやろうと思ってそっち系のバーに顔を出すようになって。それで怜司さんの店に行きついた」

未成年だと見破られてしまったが、怜司は店を追い出すことはせず、飲むのはソフトドリンクだけだよ、と注意しただけだった。本当なら、十八歳未満の和臣が深夜に出入りしているのは、店側としても迷惑だったはずだ。だが怜司は何も言わずにいつも、笑顔で迎えてくれた。

「ゲイバーに来る未成年ていったら、往々にして悩みを抱えてるもんだからな。向こうも何となく察したんだろうけど。店に通ってるうちに、自分のことも話すようになった」

当たり前だがミックスバーだった怜司の店は、客も店員もゲイやレズビアンで、そういう人たちも和臣の話に耳を傾け、一緒に憤り、励ましてくれた。

「当時はかなり荒れてたけど、荒れるだけで止まったのは、自分の居場所みたいなもんができたからだろうな。だから怜司さんとか、そこの店の人たちには今も感謝してるんだ」

高校生で、まだ子供なのに身の置き所がないという。どれだけ辛かっただろう。その時の和臣のことを想像すると、悲しくて勝手に涙が出てきた。

「おいおい、人の話で泣くなよ」

「すみません。でも他人事《ひとごと》と思えなくて」

伍夏がゲイだと知っても、家族は追い出すようなことはしないだろう。でもどんな反応が返ってくるのかわからない。想像すると怖いし、これから先も打ち明けるつもりはなかった。

「悪い。せっかく出かけるって時に、重い話になったな」

後悔しているように言われて、伍夏は慌てて涙を拭いた。

「重くないです。和臣少年は偉いです」

「なんだそりゃ」

「あと、怜司さんがいて良かったなって」

高校生の和臣にとって、怜司という存在が救いだったのだろう。伍夏も、失恋でいじけていたところを、和臣の言葉で引き上げられた。和臣は失恋なんかよりもっと辛い思いをしたはずだ。怜司と出会わなければ、居場所を見つけられないままでいたら、今はどうなっていたのだろうと思う。

「……そうだな」

和臣も穏やかに肯定した。

怜司の存在に救われて、きっと和臣少年は彼に恋をしただろう。そんな気がする。だって伍夏がそうだったから。

そんなことを考えて、けれどその気持ちはすぐに、胸の奥深くにしまいこんだ。


はなカフェを出発して、最初に車が辿《たど》りついた先は観光寺だった。

戦国武将の氏寺だとかで、駐車場には数台の観光バスも停まり、その脇には大きな土産物《みやげもの》屋もある。

「いちおう、この寺がここら辺で一番の観光スポットなんだ」

和臣が消極的な解説をする通り、特に見どころがあるわけではない。それでも、杉の巨木が並び立つ参道はなかなか圧巻だったし、いくつかある伽藍《がらん》を見て回るのも楽しかった。

「和臣さんは、一度来たことがあるんですよね」

和臣は寺の内部に詳しくて、明らかに来たことがあるようだった。

「この辺りの観光地は、毎年だいたい巡ってるな。この寺は近くに美味い蕎麦屋《そばや》があるんで、よく来るんだ」

お寺をゆっくり回ったあと、参道にある蕎麦屋で昼食を食べ、土産物屋で家族への土産を配送してもらった。

「楽しいなあ。こうやって観光するのも、何だか久しぶりです」

大学でも友達ができたが、秀人が嫌がるから彼らと旅行をしたり、遠くに出かけることはなかった。勿体《もったい》ないことをしたなと思う。

自分も恋人の言いなりにばかりならないで、もっと主張をすればよかった。最後はただ、秀人の機嫌ばかり窺っていた気がする。

「そりゃよかった。せっかくの夏休みなのに、バイトばっかりじゃ味気ないもんな」

カフェの周りは景色がいいし、散歩をするだけでも楽しいが、やはり普段行かない場所に行くと、気分が違う。

再び車に乗り、今度は小さな農場らしき場所に着いた。国道に面した場所に『はちみつ農園』という小さな木の看板が立っている。

「いつもパンケーキに付いてるのは、ここのはちみつ」

「あ、じゃあ……もしかして、れんげの実家？」

はちみつは知り合いの養蜂場《ようほうじょう》から仕入れていて、そこから子犬だったれんげをもらったと聞いている。

「そう。中にショップとカフェもある。蕎麦だけじゃ、腹持ちが悪いだろ」

色々美味しいものを食べたい、という伍夏の希望を、ちゃんと考えてくれているのだ。

寺でもそうだったが、和臣はエスコートも上手《うま》い。一緒に歩いていても、さりげなく日陰に寄せてくれたり、店のドアを開けて待ってくれたりする。伍夏は女性ではないけれど、気遣いが嬉しい。

きっと、ものすごくモテるのだろうな、と並んで歩きながら思う。和臣が付き合うのはどういう人なのだろうと想像し、すぐに打ち消した。

（俺には関係ない）

余計なことを考えず、今は楽しむべきだ。

幸い、道を進んでショップに入った途端、それまで考えていたことを忘れた。店内に、れんげに良く似たゴールデンレトリバーがちょこんと座っていたからだ。

「本物？」

一瞬、置物かと思ったが黒い目は濡れてきらきらしているし、目が合うと口を開けてスマイルマークになった。首にピンクのバンダナを巻いている。

「れんげの母親か、兄弟だろうな」

和臣が応えた時、奥から年輩の女性が出てきた。和臣とは顔見知りらしく、彼を見るとすぐ「あら、久しぶりね」と親しげな顔になった。

「こんにちは。今年も来ました。こっちはカフェの新人。伍夏、この方はオーナーの奥さん」

紹介されて「八野《やの》伍夏です」とお辞儀をすると、「可愛らしいわねえ」と目を細めた。

「花山さんのところのカフェに、わんちゃんがいるでしょ。この子はそのお母さんなの」

さくら、と奥さんが呼ぶと、座っていた犬がひょいと近づいてきた。伍夏たちにも人懐っこく寄ってきて、でも飛びついたりはしない。

「うちの看板犬なのよ」

と、奥さんはどこか誇らしげに言った。頭がいいのも人懐っこいのも、れんげにそっくりだった。

ひとしきり、さくら母さんの毛並みを堪能し、並びにあるカフェに移動する。小さな店で、客も伍夏たちだけだった。

「あ、パンケーキがある。でもハニートーストも食べたい」

デザートが意外と豊富で迷う。メニューを睨んでいると、和臣が「両方頼めば」と言った。

「俺が半分食べるから」

デートみたい、と思ったのはさておき、その申し出をありがたく受けることにした。

「お前、女子っぽいよな」

オーダーをして浮かれていると、笑いを含んだ声で和臣が言う。自分でもその自覚はあるから、ちょっとむくれた。

「すみませんね」

オネエというわけではないけれど、総じて好みや行動は女子っぽいと自分でも思う。スイーツはいろんな種類を少しずつ食べたいタイプだし、自分で着てみたいとは思わないが、女の子の可愛い服を見るのも好きだ。

「見た目も男っぽくないし」

「悪くはないさ。花山さんから写真を見せられた時は、またえらく可愛いのを雇ったなと思った」

「可愛いって……」

「うちのスタッフはみんな、なぜか男も女もマッチョな体育会系だろ」

ああ、そういう意味ですか、と「可愛い」のくだりに反応していた伍夏は落胆する。だがスタッフが体育会系、というのはうなずけた。

「会ってみたら、写真通り華奢《きゃしゃ》だし。こんなので重い食器なんか持てるのかなと思った」

「実際、持てませんでしたしね」

最初の一週間で、何枚皿を割っただろう。思い出すと落ち込む。

「本当にお前、クソ使えなかったよな」

和臣が追い打ちをかけるように、意地悪い口調で言う。

「うう……」

「落ち込むなよ。この短期間によく成長したなって、感心してるんだ」

視線を上げると、柔らかく甘い微笑みがこちらに向けられていて、また胸が高鳴った。

「……最初は、和臣さんのこと怖くて嫌でした」

今の気持ちをごまかすように、過去の思いを口にする。

「ああ。俺、言い方きついからな。こっちは普通に注意してるつもりなんだけど、他の職場の女子を泣かせたことが何度かある」

「俺も何度か泣きそうでした」

「悪かった」

素直に謝るから、笑ってしまった。

「でも優しいですよね。面倒見がいいっていうのかな。俺がバイト三日目で逃げ出そうとした時も、心配してなぐさめてくれたし」

「逃げ出そうとしてたのかよ」

和臣が驚いて目を瞠ったので、実は……と打ち明けた。辞めようか迷っていたこと。自分は嫌な態度を取ったのに、和臣が追いかけてきてくれて、アドバイスをくれて、それで頑張ってみようという気になったのだと。

「別になぐさめる気はなかったんだが」

和臣はそれに、面映《おもはゆ》そうな顔をした。

「お前がものすごく悩んでるなってのは、伝わってたな」

「自分がどう動けばいいのかわからなかったんですよね。何をやっても駄目な気がして」

「それは、前の男の呪《のろ》いだろ。トラウマになってたんだよ」

「そうなんですよね。でもここに来てその呪いが解けたから。あの時、逃げなくてよかった」

三日で逃げていたら、はなカフェの思い出は最悪だったろうし、今でも秀人に言われたことをグズグズ悩んでいただろう。

「美味しい物も食べられるし?」

ちょうど頼んだものが運ばれてきて、和臣がいたずらっぽく返す。

パンケーキははなカフェのようなスフレ型ではなく、普通の薄いパンケーキだった。ここでもメイプルシロップではなく、はちみつのポットが添えられている。

溶けかけたバターの上から、たっぷりとはちみつをかけて、大きく切った二枚重ねのそれを口に頬張る。

「……うん。美味しい」

　確かに美味しい。でもはなカフェのパンケーキの方がもっと美味しい。一口を神妙な顔で味わう伍夏に、向かいで眺めていた和臣が噴き出した。

「お前に食レポは無理だな。正直に顔に出すぎる」

「え、でも美味しいですよ」

　普通に美味しい。はちみつは最高だ。

「じゃあ、こっちも食えよ」

　もう一つのハニートーストを勧められる。厚切りのパンはざっくりと切れ込みが入っていて、はちみつが塗られていた。ちぎって口に入れると、はちみつと一緒にレモンの香りと酸味が広がった。

「美味しい！」

　やっぱり同じ言葉しか出てこないが、パンケーキよりもテンションが上がる。もう一つ、と手を伸ばすと、和臣がおかしそうに顔を歪めていた。

「語彙《ごい》が貧しいな。けど言いたいことは伝わってくる」

「こっちはものすごく美味しいです」

　言いきると、なぜかまたウケた。しかしグルメレポーターではないのだから、言葉が足らないのは仕方がない。

結局、ハニートーストはすべて伍夏が食べてしまった。パンケーキは食べきれなくて、半分だけ和臣に食べてもらう。

「甘い……」

はちみつに浸ったパンケーキを口にして、言葉とは裏腹に苦い顔をしていたが、それでも最後まで食べていた。

カフェを出ると、オーナーの奥さんが養蜂場の中をざっと案内してくれて、ショップに戻ってまたさくら母さんをモフモフし、自分用にれんげはちみつを買った。

養蜂場を出ると最後に駅の方角へ向かい、本屋やスーパーで必要なものを買い足す。はなカフェに戻る頃には、日も傾きかけていた。

「今日はありがとうございました。楽しかったです」

車がカフェの敷地に入ると、何となく名残惜しい気持ちになる。

「大したところ行ってないけど。また休みが合ったら、一緒にどこか出かけるか」

「はい、ぜひ！」

なかなか二人一緒に休みを取れる日はないだろうけれど、バイトはまだ一カ月もある。その間にまた、こうして二人で出かけられる日が来るかもしれない。

嬉しくて、思わず笑みがこぼれた。日差しのせいか、こちらを見つめる和臣が眩《まぶ》しそうに目を細めた。

携帯電話を見つめたまま、ころんとベッドの上を転がる。

（今日は楽しかったな）

携帯電話には、さくら母さんとじゃれる和臣が映っている。他にも沢山撮ったのに、どうしてもこの写真ばかり眺めてしまう。

美味しい物を食べて、わんこをモフって……一日ずっと和臣と二人きりだった。

（この発想はやばい……）

わかっている。それでも、ただでさえ傾きかけていた心が、今日一日でぐいぐいと和臣に引っ張られてしまった。これはまずい。これ以上は。

（でもそう、恋ってこういう感じだよね。この状態が一番楽しい時なんだよ。恋に恋してるっていうか）

知ったかぶりをして、気を逸《そ》らしてみる。あくまでも本気ではないのだ、と自分に言い聞かせているつもりだった。本気になっても辛いばかりだ。だから今のまま、憧れてドキドキしているくらいがちょうどいい。

ちらりと反対側の部屋の隅を見る。和臣は先ほど、煙草を吸ってくると言って下に降りていった。まだ寝るには早い時間だ。本を読む気にもなれなくて、部屋を出る。

いつも仕事のある時は、疲れてすぐに眠ってしまうから、和臣とあまり話をする時間もない。今日はもう少し和臣といたい誘惑に勝てなかった。

一階に降りてそっとテラスを覗《のぞ》くと、窓の外に懐中電灯に照らされた和臣の姿がぼんやり見えた。キッチンの冷蔵庫から自分の飲み物を取ると、勝手口を出てテラスへ回る。

相変わらず夜は暗い。携帯電話の明かりを頼りにペタペタとサンダル履きで店を回る。テラスの目の前まで来たところで、和臣のボソボソとした声を聞いた。

「……別に、変化ってほどでもない。ただ、ああいう言い方はなかったなと思って。……悪かった」

電話をしていて、それもどうやら真剣な話のようだ。戻ろうとしたが、その前に和臣に見つかった。邪魔してごめんなさい、と手振りで伝えると、和臣も手招きをして、自分の隣の席をポンポンと叩いた。気にせず座れということらしい。

「……いや、それは無理だ。……ごめん」

相手を労《いたわ》るような、優しい声が響く。本当にそばにいて大丈夫なのだろうか。けれど逃げるのも気まずくて、伍夏はそろそろと近づいて隣に座った。

「……ああ、そうだな。ありがとう。……じゃあ」

短い別れの言葉と共に、電話はすぐに切れる。伍夏は「すみません」と即座に謝った。

「邪魔しちゃいました」

「いや、どうせすぐに切るつもりだったから。だらだら喋《しゃべ》ってても仕方がないからな。煙草、いいか？」

何か用か、とは聞かれなかった。伍夏がもちろんどうぞ、と答えると、黙って煙草に火を点《つ》ける。

「元彼と電話してたんだ。ほら、お前がここに来た日に電話で別れ話してただろ。あいつ」

もちろん覚えている。口論をしていたのか、和臣が「じゃあ別れる」と言って振った相手だ。あの時は自分のことと重なって、相手の人に同情した。

「あの時は、どうしても会いたいってごねられて、イライラしてて。喧嘩して『じゃあ別れる』って電話切ったまんまだったんだ。向こうからのメールも電話も無視してた」

「それは、ひどい……です」

思わず言うと、和臣は低く笑った。

「俺もそう思った。きちんと終わらせないと、相手を振り回すばっかりだもんな。だから今、電話したんだ。本当は会って話すべきなんだろうけど、まだ一カ月は帰れないからな」

「もう一度、やり直す選択肢はなかったんですか？」

本音を言えば、寄りが戻ってほしいわけではない。けれどあれから、相手が何度も連絡をしてきたのは、仲直りしたかったからだろう。思いついた疑問に、和臣は軽く首を振った。

「ここに来る前からギクシャクしてたんだ。俺が勉強とバイトばっかりで、全然構ってやらないから。これは今回に限った話じゃなくて、前からなんだけどな。それでもいいって相手と付き合うんだけど、最後はいつも同じことで喧嘩して別れる」

和臣と付き合えるなら、それだけでもいい。あるいは、付き合っていくうちに段々と和臣の気持ちが自分に向くことを期待したのかもしれない。そんな風に、和臣の恋人の気持ちを察してしまうのは、伍夏が彼に惹《ひ》かれているからだろうか。

「俺もうまくいかないってわかってるのにな。恋人なんか作らない方がいいのに、寂しいとつい、拒めずに付き合っちまう」

自嘲するように言い、気《け》だるげに紫煙を吐く。言葉の中の「寂しい」という単語だけが、奇妙に重く残った。

「——寂しいんですか？」

カッコ良くて、何でもそつなくこなせて、いつでも超然として見えるのに。

「寂しいよ、それは。家族もいないし。ゲイバレして、家を追い出されたって言っただろ。文字通り追い出されたんだ。高校卒業と同時に」

卒業式のその日、学校から戻ると玄関先に父親が立っていたという。

「仕事人間の親父がその日は家にいて、親父から通帳と印鑑を渡された。『これをやるから、もう二度と戻ってくるな』って」

「そんな……」

「いつの間にか、家から離れた場所にアパートが借りられてて。そこに俺の荷物も全部運び込まれてた。徹底してるよな」

　軽い口調で言われたが、笑えなかった。

「高校卒業と同時に縁を切るって言われてたから、大学受験もできなくて、そのまま就職した。でも悔しくてさ。ゲイだってバレるまでは、親の言う通りに優等生やってたんだよ。父親は検事で……いまは辞めて弁護士やってるらしいけど。いわゆるヤメ検てやつだな。俺のことも法曹界に入れたがってた。俺は他にやりたいこともなかったし勉強は好きだったから、親の言う通りに、『何となく』進路を決めたんだ」

　普段と変わらない口調で、和臣は語る。

「それが追い出されて、逆に何が何でも司法試験を受けてやるって気持ちになったんだ。まあ、父親の鼻を明かしてやりたいっていう、単純な復讐心なんだけどな。高校卒業して二年間は、金のために働いた。普通に高卒のサラリーマンだと、なかなか金が貯まらないから、夜はホストみたいなことやってた」

　そういえば以前、怜司が和臣は元々接客のプロだと言っていた。しかし、昼も夜も働き通しとは、相当にきつかっただろう。そう言うと和臣は、やっぱり大変だった、と吐露した。

「体調が悪い時は、何やってんだろうって思ったり」

それでも耐え抜いて、無事に大学に合格した。

「じゃあ、今勉強してるのも、司法試験のため？」

「そう。正しくは、法科大学院の受験勉強」

現在の制度では司法試験の受験資格を得るためには、いわゆるロースクールに入らなくてはならない。それ以外にも予備試験を受けるという方法もあるが、そちらは超難関だと聞いている。

「大学の学費は奨学金をもらってるけど、生活費とこれからのために貯金も欲しい。だからめいっぱい勉強して、めいっぱい働いてる。だから本当は、恋愛なんかしてる余裕はないんだけどな」

ずっと一人では寂しい。それは当たり前のことだ。

「本気で好きになったわけじゃないのに、寂しいっていうだけで付き合ってたんだ。上手く行くはずがない。お互いに遊びっぽい相手もいたけど。そうじゃない相手には、悪いことをしたな」

言い寄られて、ついその手を取ってしまう。でもそうなってしまう和臣の心を、責められなかった。

「そういうの、前は気にならなかったんだけど。お前を見ていて、話を聞いて考えるようになった」

「え、俺？」

どういうことだろう。

「俺と最初に会った時は、ビクビクして辛気臭い奴だった。けど、今の伍夏が本来のお前なんだろ。花山さんが言ってた通り、明るくて素直だ。仕事も真面目だし。まあ天然で鈍臭いってのもあるけどな」

「う……」

「けどそういう奴が、人が変わったみたいになった。バカな男のせいだが。お前の話を聞いて、他人事ながら腹が立った。でも同時に、おかしな言い方だけど……少し羨《うらや》ましいと思ったんだ」

「羨ましい？　俺が？」

ぽかんとしていると、気を悪くしたらすまない、と和臣は謝った。

「お前と相手の男、両方かな。お前が人間不信になるほど傷ついたのは、それだけ本気でその男が好きだったからだろ。そんなに真剣に想って想われるのが、羨ましいと思った。それで自分を顧みて、そういえば俺はそこまで誰かを好きになったことがなかったなって、気づいたんだ」

自分が選んだ道を進むのに精一杯で、恋人はあまり干渉しない、ドライな相手ばかり選んでいた。付き合っている時は相手のことが好きだったし、情もあったけれど、誰に対しても真剣ではなかったと思う。少なくとも、伍夏のように心がボロボロになるほど、自分のすべてを相手に与えたことはなかった。

自分が本気にならなければ、相手だって思ってはくれない。いや、もしかしたら過去の恋人たちの中には、真剣に和臣を愛していてくれた人もいたかもしれない。それならば、和臣の態度は彼らを深く傷つけたことだろう。

「立ち直る前のお前は、すごく辛そうだった。話を聞いて相手の男に腹が立ったけど、俺も人のことは言えないんだよな。俺が振った奴も、伍夏みたいに陰で泣いてたのかと思ったら、今さらだけど罪悪感が大きくなった」

過去のことは取り戻せないが、せめてこの間のことだけでも、きちんとしようと思い、別れた恋人に電話をしたのだという。

「そうだったんですか……」

「ただの自己満足だけどな」

相手も、それですぐに失恋の傷が癒えるわけではないだろう。もうやり直せないのだと改めて和臣に引導を渡されて、今はさらに辛い思いをしているかもしれない。けれどどこかでピリオドを打たなければ、前に進めないのだ。

「もう、寂しいからってすぐ手を伸ばすのはやめにする。次は、本気で好きになった相手と付き合うよ。上手くいけば、だけどな」

和臣はどんな人を好きになるのだろう。彼が本気になる相手を想像して、胸がちくちくした。

「好きな人ができれば……その人と付き合えたらいいですね」

そうすれば、彼も孤独ではなくなるだろう。自分では駄目だと言っているけれど、和臣は優しくて誠実な人だ。

家族にひどく扱われて、歪んでしまってもおかしくないのに、今も一人で真《ま》っ直《す》ぐに自分の道を生きている。

和臣に好きな人ができるのは、伍夏としては悲しいけれど、けれど幸せになってほしいとも思う。

「そうだな」

暗闇の中の相槌は、どこかのんびりとして聞こえた。

「もしもその相手と上手くいったら、今度はちゃんと大事にするよ」

五

「伍夏。今日の夜なんだけど。五時から一時間だけ宿のフロントに、ヘルプで入ってくれるかな」

怜司からそんな風に声をかけられたのは、八月の最後の週のことだ。アルバイトに入って一カ月が過ぎようとしていた。

「ハナハナに、ですか」

「うん。シフトに隙間《すきま》ができちゃってね。予約は入ってないから、ただフロントにいてくれるだけでいいんだけど」

「それなら大丈夫です」

予約なしにやってくる客は、皆無ではないが滅多にない。伍夏が入っても問題なさそうだ。

「せっかく休みなのに、申し訳ないんだけど」

怜司が済まなそうに言うから、「ぜんぜん大丈夫です」と請け合った。宿泊客のいない日は、カフェも早めに閉めてしまうことが多く、今日も伍夏は午後からお休みをもらっていた。

しかし和臣は午後もシフトに入っているし、一人では特にすることもない。やることができて、むしろ嬉しいくらいだった。

「ありがとう。その代わりと言ってはなんだけど、今夜のデザートに、パンケーキを付けるからね」

「やった」

怜司の作る賄いは本当に美味しい。東京でバーをやる前は、イタリアンレストランの料理人として働いていた経歴があると、最近になって和臣から聞いた。しかしイタリアンに限らず和食も洋食も得意で、毎日違ったものが出る。

今日は何が食べられるのだろうと、朝のうちからわくわくする。

「なに浮かれてんだよ」

鼻歌まじりにランチの準備をしていると、遅番で降りてきた和臣が呆れ顔で伍夏の髪をくしゃくしゃと掻《か》き混ぜた。

最近、和臣はたまにこんなスキンシップをしてくる。嬉しい反面、彼に触れられるとドキドキして、平静を装うのに苦労した。

「今日、一時間だけ『ハナハナ』のフロントにヘルプに行くんです。かわりに怜司さんが、パンケーキ作ってくれるって」

「それでそんなに機嫌がいいのか。単純だな」

意地悪く言うけれど、和臣の顔は楽しそうで、もう何を言われても怖いとか、威圧的だとは思わない。

夜の時間の過ごし方も、少し変わった。和臣は毎日勉強をしているけれど、伍夏が起きているとたまに、話しかけてきたりする。テラスで喫煙する和臣と、どうでもいい話で盛り上がることもあった。

仕事も楽しく、毎日が充実している。この生活があと二週間で終わるのかと思うと、寂しかった。

「今日は宿泊客もいないし。一時間の店番だけでパンケーキが食べられて、ラッキーです」

「宿泊客がいないと、俺たちも楽できるしな」

そういう和臣は、昨日の午前中が休みだった。花山と一緒に、車で買い物に出かけていたようだ。

「そのかわり、明日の夜から明後日《あさって》まで団体客で忙しいですよ」

「しょうがないさ。のんびりしてても、いちおうは書き入れ時だ。明後日はお前の誕生日だったか。二十歳《はたち》の記念日なのになあ」

気の毒そうに言われた。八月の終わり、明後日が伍夏の誕生日だ。名前に夏という文字が入っているから夏生まれだろ、と和臣に聞かれて、誕生日を教えたことがある。ちなみに和臣は十二月生まれなのだそうだ。

「それは、このバイトに入る時から覚悟してましたから。家にいても、家族でご飯食べるくらいだし」

　去年までは、毎年の誕生日は秀人と一緒だった。別れてしまったから、どうせ今年は一人ぼっちだ。けれど、そういうことを思い返しても、今は不思議と胸が痛まなかった。ここに来る前はあんなに辛かったのに。

（意外と切り替え早いのかな、俺）

　一緒にいる時間が長いせいか、伍夏の中で和臣の存在がどんどん大きくなっている。これ以上、本気になっても辛いだけだと理屈ではわかっているのに、自分の気持ちを誤魔化《ごまか》しきれないくらい、和臣への気持ちが膨れ上がっていた。

　思いを持て余して、それを振り払うために仕事に邁進《まいしん》し、お陰でこの頃は怜司にも和臣にも褒めてもらえる。

「じゃあ、悪いけど伍夏。れんげを連れて、フロントに行ってくれる？」

　午後の休みを終え、カフェの一階に戻ると、怜司から民宿の鍵を渡された。

「え、れんげもですか？」

「そう。一時間後、きっかり六時になったら、民宿の玄関の鍵を閉めて、れんげと一緒にカフェに戻って来て。食事を用意しておくから」

　れんげはすでに怜司に呼ばれていたのか、彼の足元にいる。

「わかりました。れんげ、おいで」

今日のご飯はなんだろう。そんなことを考えながら、れんげと一緒に民宿に向かう。フロントには花山が残っていた。

「じゃあ伍夏君。悪いけどれんげとお留守番、よろしくね。一時間したら、鍵を閉めてカフェに行ってくれていいから」

怜司と同じことを言い、そそくさと去って行く。そういえば花山は、どこに行くのだろう。そう思って、フロントから首を伸ばして外を見ると、花山がはなカフェに入っていくのが見えた。

「花山さん、どうしたんだろうね？」

戸口で花山の後ろ姿を見送っていたれんげが、呼ばれてこちらを振り返る。パタパタ尻尾を振り、伍夏の足元に近づいたかと思うと、匂いを嗅《か》いでまた戸口に行ってしまった。

「何だか落ち着かないね、れんげ」

そわそわしている感じだ。散歩の前の様子に似ていて、時々、何か期待するように伍夏をちらちら見る。

気にかかりながらも留守番をしていると、ちょうど一時間が経《た》った頃、れんげが唐突にすくっと立ち上がった。

「どうしたの、れんげ」

首を傾げた時、遠くから誰かが短く口笛を吹くのが聞こえた。れんげがそれに反応し、戸口をうろうろし、伍夏に向かって短く吠《ほ》えた。玄関のドアは開《ひら》きっぱなしなので、れんげは飛び出してしまうこともできるのだけど、伍夏がついてこないのが気になるらしい。

「あ、一時間経ったってことかな？」

ちょっと待ってね、とれんげをなだめ、電気を消して戸締りをする。その間も、早くしろと言わんばかりに周りをウロウロしていた。

「わかったよ。早く行こうね」

苦笑して、カフェに向かう。れんげは横に並んで歩くけれど、早く行きたくて仕方がないようだった。伍夏の歩調も自然と速くなる。

だがカフェの前まで来て、中の異変に気づいた。

「なんで、真っ暗……」

いつもならこの時間、勝手口や、キッチンに面した窓から明かりが漏れているはずなのに、真っ暗で中が見えない。何が起こっているのだろうと、にわかに不安になる。

しかしれんげの方は、興奮した様子で勝手口に立ち、早く開けてというように伍夏を見上げていた。

仕方なく、こわごわと勝手口を開けて中に入る。足元からするりとれんげが抜けて行き、伍夏が後ろ手にドアを閉めた途端、ぱっと店の中の明かりが点いた。

「ハッピーバースデー！」

眩しさに目をつぶってしまった伍夏の耳に、大勢の声が響く。再び目を開けると、みんながフロアの中央に集まっていた。みんな……怜司と和臣、それに花山を含む民宿のスタッフたちだ。

店の中央には、いつかの歓迎会の時と同じくテーブルが寄せられ、そこに料理の皿が載っている。れんげは嬉しそうに花山にまとわりついていた。

呆気《あっけ》に取られて戸口にたたずむ伍夏に、怜司がくすくす笑いながら「お留守番お疲れ様」と言った。

「二十歳の誕生日おめでとう。ちょっと宿泊客の都合で、お祝いは二日前倒しになっちゃったけど」

花山が、小箱を出してれんげにくわえさせ、「伍夏君に渡して」と指示を出す。リボンをくわえたれんげがトコトコと伍夏の前に立ち、どうぞ、というようにプレゼントを差し出した。

「伍夏君に、誕生日プレゼント」

柔らかな花山の声を聞いた途端、感動が溢《あふ》れて目が潤んだ。

「あ、ありがとう、れんげぇ」

プレゼントを受け取って、れんげを抱きしめた。嬉しい。すごく嬉しい。

「プレゼントはれんげからじゃなくて、みんなからだから」

安永の突っ込みに、みんなが笑う。

「……本当にありがとうございます」

フロントにヘルプに入ってという指示も、サプライズのためだったのだ。みんなそれぞれに仕事が忙しい中、自分のために集まってくれた。伍夏は心からお礼を言った。

「そんなに喜んでもらえると、なんか面映いんだけど。伍夏君、この一カ月すごく頑張ったからね。お祝いしようって言ったら、みんな勝手に集まってきたんだよ」

伍夏がフロントにいる一時間の間に、大急ぎで準備をしてくれたという。みんながバタバタしていると、れんげが興奮するので、伍夏に連れて行かせたのだとか。

「和臣が最初に、僕に相談してきてね。二十歳の誕生日だから何かしたいんだけど、って」

怜司はどこか面白がるような口ぶりだった。和臣がその後ろで「言わなくていいですよ」とぶっきらぼうに言う。だが伍夏と目が合うと、少し困ったように眉《まゆ》を下げて、柔らかく微笑んだ。

「ちょっと早いけど、おめでとう」

胸がきゅーっと痛くなった。和臣が考えてくれたなんて、嬉しすぎる。

プレゼントは、ブランド物の万年筆だった。ちゃんと伍夏の名前が書いてある。昨日、花山と和臣とで買い物に行った時、買っておいてくれたらしい。

怜司がご馳走とパンケーキを、近所に住む女性スタッフがケーキを焼いておいてくれた。シャンパンで乾杯をして、食べて飲んで、遅くまでパーティーは続いた。

「おい伍夏。大丈夫か？」

身体の触れ合う部分が熱い。頬に時々、和臣の息がかかる。

「くすぐったい」

楽しくてクスクス笑うと、隣で呆れたようなため息が聞こえた。

「飲み過ぎだ、お前。何杯飲んだんだ」

「えぇー？」

ぼんやりした頭で考える。そう、二日早い誕生日をみんなに祝ってもらって、ご馳走を食べて、お酒もしこたま飲んだ。午後によく休んだせいか、どれだけ飲んでも眠くならなくて、飲めば飲むほど楽しくなった。何杯なんて、覚えていない。

パーティーの間中、ずっと和臣が隣にいて、安永がまた伍夏に話しかけようとしたら、「セクハラ禁止ですよ」と割って入ってくれた。

『なに、和臣。やきもち焼いてるの？』

安永がニヤニヤ笑っていた。あの問いに、和臣は何て答えたのだったか。

「ちゃんとベッドに上れよ。まったく世話の焼ける奴だな。気持ち悪くないか？」

「気持ちいい……」

ぽすん、と柔らかいものの上に転がって、ベッドの上だと気がついた。気持ちが悪いというより、むしろ気持ちいい。だが目の前にいる和臣は、困った顔でこちらを見下ろしていた。

「お前な。そういう顔で、そういうこと言うなよ」

「顔?」

「エロい」

骨ばった手が、頬や首筋を撫でる。気持ちよくて、ふるっと身体が震えた。

「んっ」

甘い声が漏れてしまった。すると手は、ぱっと慌てたように離れてしまう。

「あっぶねえ……」

「どうして?」

気持ちが良かった。もっとずっと、撫でてほしいのに。視線を上げてねだると、相手は息を詰めた。

少し怖いような目で、こちらを凝視し続ける。その手が再び伸びてきて、撫でてくれるのだと思った。だが鼻先をピン、と弾かれる。

「痛っ」

「どうして、じゃねえよ。酔っ払い。危うく手を出すところだったじゃねえか」

「出していいのに」

するりと本音が滑り落ちる。ああこれは、言ってはいけないことだったっけ。いやでも、好きと言わなければ大丈夫なはず。

思考が定まらない中、じっと和臣を見ると、相手もこちらを見つめていた。やがてふっと力を抜いて笑う。ゆっくりと腰を下ろし、ベッドの縁が軋《きし》んだ。

「少し前なら、手を出してたな。職場の同僚とどうにかなるのは面倒だが、お前みたいな可愛いのにねだられて、きっぱり断れるほどジジイじゃない」

何か、すごくいいことを言われている気がする。どういうことか聞きたいのに、身体が急に枕に沈み、強い眠気に襲われた。

（でも、せっかく和臣さんと喋ってるのに、寝たくない）

まぶたを必死で開けていると、おかしそうに笑われた。

「眠いのか。まったく、思いとどまって良かったよ」

「眠くな……」

「俺が何言ってるのか、理解できてないだろう。まったく危なっかしい奴だな。そういうお前がこの年まで、ろくに男を知らないっていうのは、お前の前彼に感謝すべきなんだろうな」

むかつくけどな、と和臣が言う。確かに、何を言っているのかわからない。それでも自分のことを気にかけてくれているのはわかって、一生懸命に目を開けようとした。

「寝ろよ」

優しい声が言う。

「お前が明日、どれだけ覚えてるかわからないけど。酔っ払いのお前には、絶対に手を出さない」

「……絶対？」

「そう。絶対」

相変わらずよくわからなかったけれど、なぜだか悲しくなった。

「そんな顔するなよ。お前に言ったよな。寂しいからって、すぐに手を出さないって。本気になった相手と付き合う」

「うん」

全力を尽くして相槌を打ったけれど、それが精一杯だった。和臣の声は続いていたが、それはずっと遠くの方で聞こえた。

「勢いなんかで手を出さない。ずっと、大事にするよ」

六

夕暮れ時の散歩道を、れんげと一緒にぽてぽて歩く。

「れんげとこうやって散歩できるのも、あと一週間なんだねえ」

ため息をつくと、れんげがちらっと伍夏を見て、軽く尻尾を振った。あと一週間。ここのみんなともお別れだ。

先週は誕生日を祝ってもらって、すごく嬉しかった。お酒を飲み過ぎて、後半の記憶は曖《あい》昧《まい》だったが、和臣に部屋まで肩を貸してもらったことは覚えている。部屋で二人、何か話したことも。

(何か、いい感じだった気がするんだけど)

会話の内容は覚えていないが、和臣の優しい声音と甘い表情を記憶している。翌日になって聞いてみたが、

「やっぱり覚えてないのか。お前はそういう奴だよな」

とため息をつかれて、何も教えてもらえなかった。怜司たちも、飲んでいる時は陽気だけど普通だったよ、と言っていたし、酒の上での失敗はしていないようなのだが。

その和臣とも、もうすぐ離れ離れになる。連絡先は交換したし、同じ大学なのだから会おうと思えば会えるだろう。永遠の別れではないけれど、会いたいからと気軽に会えるわけでもない。それが無性に寂しかった。一週間後の別れを想像してひどい喪失感を覚えるほど、和臣とこのまま離れてしまうのが辛い。

和臣が好きだ。もう気持ちが大きくなりすぎて、ごまかすことはできない。

（最後に、好きって言おう）

和臣を困らせるから、仕事で気まずくなるから……そう言い訳をして、今まで自分の思いに消極的だったけれど、自分から何もせずにいるのはもう嫌だった。

好きだと言って、できれば恋人になりたい。今すぐ和臣が同じ気持ちを返せなくても、東京に戻ってからも友達として近くにいさせてもらって、いつか好きになってもらえるように努力する。

そんな風に強く執着するくらい、和臣が好きだ。伍夏が押しまくったら、きっと和臣は困惑するだろう。でもこちらが真剣なら、彼も真面目に考えてくれる。決して人の気持ちを馬鹿にしたりはしない人だ。

それで最終的に振られることになっても、今何もせずに離れるよりはましだった。

「れんげ。俺、頑張る」

カフェの裏手に着くと、れんげの前にしゃがみこんで誓った。モシャモシャとはちみつ色の毛皮を撫でると、しっぽを振ってじゃれついてくる。

「『頑張って、伍夏。ボクも応援してるよ』……ありがとう、れんげぇぇ」

勝手にれんげのアテレコをして勝手に癒されていると、カフェの勝手口が唐突に開いて、中から和臣が顔を出した。

「おい。アホやってないで、帰ってきたんなら手伝え。今、忙しいんだよ」

思ったよりも大きな声が出ていたらしい。慌ててれんげと中に入る。キッチンに立つ和臣をちらりと窺ったが、勘付かれてはいないようだ。ホッとして、伍夏もシフトに加わった。

「離れるの、寂しいんだろ」

キッチン脇のパントリーから備品を運んでいると、和臣がからかう声音で囁《ささや》いた。

「えっ」

やっぱりバレていた？　焦って振り返ると、和臣は優しいというより甘い顔で、フロアの端に寝そべるれんげを顎《あご》で示した。

「ここんとこ、れんげにベッタリだからさ。俺も最初の年はそうだった。犬なんか興味なかったのに、あいつと離れるのが妙に寂しいんだよな」

自分の気持ちを告げる前から知られたのかと心配したが、どうやら杞憂《きゆう》だったらしい。だが和臣の指摘はその通りだったので、苦笑してうなずいた。

「れんげだけじゃなくて、ここの人たちみんなと離れるのが、名残惜しいです」

伍夏の言葉に、和臣は無言のまま笑って、優しく肩を叩いた。

その日、和臣より一足先に仕事を終えた伍夏は、先に風呂に入ることにした。軽く風呂掃除をして出て来ると、そろそろ和臣も仕事が終わる頃だったが、部屋にはまだ戻っていなかった。一階から物音はしないので、店は終わったのだろう。

煙草を吸いに行ったのかもしれない。そう考えて、伍夏は下に降りた。残り少ない時間を、できるだけ和臣のそばで過ごしたかったのだ。

しかし、テラスを覗いても人影は見当たらなかった。勝手口から外に出る。暗闇の中をそろそろと歩いていると、煙草の香りと共に、人の話し声が聞こえてきた。

「何も気づいてないよ。花山はとにかく鈍いからね」

怜司の声だった。それに被さって、和臣の笑いと相槌が聞こえる。

「ああ、ね。あの人も天然っていうんだろうな。怜司さん、苦労してるんだろうなって、いつも思うよ」

「それ、花山に言ってやってよ」

楽しそうな会話だったが、二人ともどことなく声をひそめるような、内緒話をするような雰囲気で、彼らの前に出るのがためらわれる。

「じゃあ、俺たちが今ここで、こういうことしてても、妬《や》いたりしないんだ？」

「これくらいじゃ、無理。ただ飲んでるだけだと思うだろうね。もっと決定的な現場を見ないと」

「――じゃあ俺と、決定的なことする？」

蠱惑《こわく》的な声に、伍夏の心臓はドキドキと嫌な鼓動を立てた。クスクスと楽しそうに笑う怜司も、いつもの優しく穏やかな彼とは違う人のようだ。

（何の話？　二人で、何してるの……）

「誘い方も大人になったね」

「それはよかった。誰かさんに振られてから、いっぱい勉強したんだ」

普段は怜司に対して敬語を使う彼が、くだけた口調で話している。伍夏と話す時とも違う、艶《つや》のある声音に、モヤモヤと嫌な気分になった。この会話をこれ以上、聞いてはいけないような気がする。けれど気になって、戻ることができない。

「昔の僕だったら、こういう時、誘いに乗ってるところなんだろうなあ」

「今は違う？」

「そりゃあ、ね。……和臣こそ。こんなところで僕を口説いてていいの？　ぐずぐずしてると、伍夏が探しに来ちゃうんじゃない？」

怜司がからかうような口調にギクリとする。

「どうしてここで、伍夏の名前が出てくるわけ？」

途端に、和臣の声がひどく不機嫌そうなものになる。どうして自分の名前にそんな反応を

するのだろう。腹の中がぐるぐるとかき回されたようになり、気持ちが悪くなった。

早くここを離れた方がいい。そう思っているのに、身体が動かない。

「伍夏、可愛いよね。顔だけじゃなくて、反応とか態度が。最初は緊張してたみたいだけど、元気になったら花が咲いたみたいに可愛くなったよ。何が彼を変えたのか、心当たりはある？」

「……さあね。れんげに癒されたんじゃない？」

苛立《いらだ》ったような、おざなりな声。それに反して、怜司の声は楽しそうだ。なんだか伍夏をだしにして、二人で駆け引きでもしているようだった。

「天然で可愛いよね。安さんがセクハラしたくなるのもわかるよ」

「……あの天然ぶりは、花山さんと似てるんじゃないかな。ノンケ脳っていうかさ」

「ああ、確かに」

けどノンケ脳ってなに、と怜司が笑う。胃の中の不快感がどんどん強くなった。

「最初はね、ちょっと心配したんだよ。繊細そうなあの子と、自分本位でデリカシーのない君を同室にしたら、伍夏が泣かされるんじゃないかと思って」

「ひどいな」

「けど、案外と上手くやってるから、今度は別の心配をするようになったんだけどね」

「杞憂だよ。伍夏には手を出してない」

「それは珍しい」

怜司は大袈裟《おおげさ》に感心したような声を出した。

「この夏は俺、真面目なことこの上ないよ？　街にも遊びに行かず、伍夏の据《す》え膳《ぜん》も食わないで仕事と勉強だけしてる」

「はは、お利口さん。じゃあ伍夏の気持ちはわかってるんだ」

「そりゃ、あれだけキラキラした目で見られたらな。嫌でも気づくだろ」

怜司の笑い声がする。腹の中がぐるぐるして気持ちが悪い。

(二人とも、俺が和臣さんを好きだって、気づいてたんだ……)

なのに素知らぬふりをして、こうして陰で笑っている。

「ふうん、なるほど。それでも伍夏には手を出さない、と」

「何、笑ってんだよ」

和臣の声が再び不機嫌そうになる。

「いや、君はああいうタイプ苦手だったよな、って思って」

怜司の言葉がざくざくと心臓を切り裂く。けれど、それより深く伍夏の心を抉《えぐ》ったのは、和臣の言葉だった。

「まあ、確かにね」

ため息と共に、和臣が肯定する。

「真面目で遊び相手にはならない地雷タイプ。俺が今まで、もっとも忌避してきたタイプだないように、そっとこの場から立ち去る。足音を立てないように、声を立てな。あいつはさらに、思いこんだら一途《いちず》だし。繊細で傷つきやすいくせに、天然で鈍感で」

痺《しび》れた思考の中で、伍夏は懸命に手足へ命令を出した。


「……ひっ」

だが勝手口から店の中に入った途端、嗚咽《おえつ》が漏れた。涙と声をこらえようとしたが、喉《のど》の奥が震え、呼吸をするたびにひーひーと鳴った。

（あんな風に、思ってたんだ）

天然で鈍感で面倒臭い。もっとも忌避してきたタイプ。

和臣も怜司も、伍夏の気持ちを知っていたのだろうか。知っていて、迷惑だと思っていたのか。それとも二人で笑っていたのだろうか。

（どうして、あんな言い方するの）

二人とも優しかったのに。すべて嘘だったのか。そして自分はやっぱり、空気の読めない非常識な人間だったのか。

混乱したまま、二階へ上がる。部屋に戻ると、自分の携帯電話がベッドの上に置きっぱなしになっていて、着信を知らせるメロディが流れていた。恐る恐るディスプレイを見ると、長兄からだった。

「……もしもし、一《いち》兄ちゃん？　ううん、寝てないよ。どうしたの？」

『来週、帰って来るんだろ。電車の時間が決まってたら、聞こうと思って。俺、ちょうど会社が休みだから、駅まで迎えに行くよ』

「えっ、いいよ。一兄ちゃん、せっかくのお休みなんだから、ゆっくりしなよ」

『……なんか声が変だな。泣いてたのか』

ずばり言い当てられて、びっくりした。泣いてないよ、と慌てて否定する。

『辛いことでもあったのか。同室の奴がいるって言ったな。いじめられてるんじゃないか』

まくし立てられて、泣き笑いのようになってしまった。過保護だなあ、と思う。ホッとするような、情けないような気持ちだった。

「いじめられてなんかないよ。店長も同室の人も、みんないい人だよ」

怜司も和臣も優しかった。人間不信に陥っていた伍夏の目を、和臣は覚まさせてくれた。二人で一緒に、ドライブにも行った。話だっていっぱいしたし、他にも思い出はたくさんある。

伍夏と同じ恋愛感情ではないにせよ、和臣もまた、自分に好意を持ってくれていると思っていた。でもそれも、思い違いだったのだろうか。

——伍夏はおかしいよ。

忘れていたはずの、秀人の言葉が蘇《よみがえ》る。突如、激しい吐き気がこみ上げてきて、ぐっと喉が鳴った。

『伍夏？』

「大丈夫。ごめんね、また連絡するから」

早口にそれだけ言うと、電話を切って部屋を飛び出した。目の端に、階段を上ってくる和臣の姿が見えたが、気にしている余裕はなかった。

トイレに駆け込むと、胃の中のものを吐き出した。

「う、う……」

すべてを吐き出すと気分は少し治まったが、かわりに悲しくなった。便器にしがみついている自分が、ひどく惨めに思えた。

「伍夏」

背後で声がして、びくりと身体が震えた。急いでいて、ドアを開けっぱなしにしたままだったのだ。

「吐いたのか。大丈夫——」

「入ってこないで」

こんなみっともない姿を、和臣に見られたくない。

「俺は大丈夫だから。入ってこないで」

必死で言い募ると、わずかな沈黙の後に「わかった」という声が聞こえた。

「部屋にいるから、辛かったら呼べよ」

足音が遠ざかるとホッとした。それから声が優しかったことを思い出し、腹が立ってくる。

(どうして優しいの)

伍夏の気持ちを知っていて、あんな風に言ったくせに。

吐き気が治まるのを待ち、トイレを出て洗面所で口をゆすぎ、顔を洗った。洗面台の鏡を見ると、青ざめた顔がこちらを見ていた。ひどい顔だ。

今は和臣に会いたくなかったが、このままここにいるわけにもいかない。仕方なく部屋に戻ると、中央のテーブルにいた和臣が待ちかねたように立ち上がった。

「体調が悪いのか。吐き気だけか?」

心配そうな顔で近づいてくる。その顔がまるで知らない人のように見えて、伍夏は思わず後退《あとじさ》った。

「伍夏?」

「大丈夫です。少し、気分が悪くなっただけだから」

自分でも驚くくらい、素っ気ない声が出た。驚いた顔をする和臣から目を逸らし、自分のスペースに向かう。

「さっきの電話、何か悪い内容だったのか?」

なおも心配するように尋ねられて、一瞬何のことだかわからなかった。振り返ると、和臣が伍夏の携帯電話を差し出した。

「入り口に落ちてた」

「……ありがとうございます」

受け取りながら、そういえば敬一《けいいち》と電話をしていたことを思い出した。伍夏の様子がおかしいのは、電話のせいかと尋ねているのだ。伍夏が二人の会話を聞いていたせいだとは、微塵《みじん》も思っていない。見当違いの推測に、笑ってしまった。

「伍夏……」

途方に暮れた声がしたが、これ以上、彼と話す気力はなかった。相手に背を向け、逃げるようにベッドにもぐりこむ。

「心配かけてすみません。何でもないんです。ちょっと吐き気がしただけ」

相手の返事を待たず「おやすみなさい」と言って、伍夏は布団を被って壁を向いた。

「……おやすみ。気分悪くなったら、夜中でもいいから言えよ」

伍夏は答えなかった。涙がこぼれて、口を開けば嗚咽が漏れてしまいそうだったのだ。

和臣は優しい。伍夏の様子を心配してくれる。彼の態度が嘘だとは、とても思えない。

（……わかんないよ）

何が嘘で、何が本当なのか。伍夏が「鈍くて天然」でなければ、わかることなのだろうか。

布団を被ったまま、伍夏はいつまでも眠れなかった。

「伍夏」

怜司が、いつになく固い声で伍夏を呼んだ。カウンターの入り口で割れた食器を片づけるためにしゃがみ込んでいた伍夏は、慌てて顔を上げる。

「す、すみません。すぐに片づけます」

「お客さんもいないし、ゆっくりでいいよ。それより、本当にどうしたの？」

「いえ、別に。ただちょっと調子が……」

「体調が悪いってわけでも、なさそうだけど」

稚拙《ちせつ》な言い訳を封じるように、怜司が言った。それ以上の言い訳が見つからず、伍夏は黙り込むしかない。

だが怜司が珍しく問い詰めるのも、仕方のないことだった。

二人の会話を聞いた翌日、仕事は散々だった。怜司との早番のシフトだったが、彼の顔を見ることができない。ぎこちなく視線を逸らして「おはようございます」と挨拶《あいさつ》するのが精一杯で、のっけから、何かあったのかと聞かれてしまった。

何でもありません、ただ少し調子が悪いだけ。でも仕事はできます……そう言い訳して仕事を始めたが、失敗ばかりしていた。

今まで普通にできていたことができない。寝不足で頭が働いていないせいもあるが、自分が昨日までどう動いていたのか、思い出せなかった。加えて、怜司に対してもどんな態度を取ったらいいのかわからず、終始ぎこちない。

注意されながらも、朝食のお客をなんとか捌《さば》いたけれど、怜司には迷惑をかけっぱなしだった。

「昨日、何かあったの？」

真っ直ぐに尋ねられて、伍夏は目を逸らした。何かあったかなんて、それを本人が尋ねるのか。ますます不貞腐《ふてくさ》れた気持ちになった。けれどそうしてそっぽを向く、自分自身にもほとほと嫌気がさしていた。

（こんなの、嫌だ）

怜司は心配して言ってくれているのに。和臣だって、朝起きると一番に伍夏の体調を聞いてきた。具合が悪いならシフトを変わると言ってくれた。

でも、そんな彼らが、陰では伍夏の気持ちを知って、笑っていたのだ。

「何もないです、本当に。不注意ですみません」

「伍夏。一体どうしちゃったの」

頑《かたく》なな伍夏の態度に、怜司もさすがに苛立った様子だった。そんなことでは納得しない、というように眉をひそめ、咎《とが》めるように伍夏を呼ぶ。

さらに何か言いかけた時、「怜司さん」と和臣が割って入った。

「そいつ、昨日から調子悪いんですよ。トイレで吐いてたし」

和臣がカフェエプロンを付けながら、階段を降りて来るところだった。彼のシフトの時間には、まだ早い。

「伍夏、そうなの？　熱は測った？　食当たりじゃないよね」

怜司の顔が途端に心配そうになる。そうなると伍夏も、体調不良ですとは言いづらい。困っていると、和臣はちょっと笑って伍夏の頭にポンと大きな手を置いた。

「ちょっと早いけど、俺と交替。部屋にこもってるのが嫌なら、外の空気吸ってきな。怜司さん、いいでしょ」

「それはいいけど。伍夏、本当に具合悪いなら無理しないで言って。車出すから病院行こう」

二人がかりで心配されて、じわりとまぶたの奥が熱くなった。嫌な態度を取ったのに、二人は本気で心配してくれる。

伍夏はぎゅっと目をつぶり、まぶたの奥へ涙を押しやった。再び目を開くと、二人に頭を下げる。

「すみません。少し、外の空気吸ってきます。吐いたのは昨日の一度きりで、食当たりじゃないです。休憩したらちゃんと仕事をします」

怜司が少しホッとした表情をして、「うん、わかった」とうなずく。伍夏は勝手口を出ると、テラスに回った。日陰に寝そべっているれんげを小さな声で呼ぶ。どうしたの、というように首を傾げたが、「こっちに来て」と手招きすると、すぐに立ち上がって近くまで来てくれた。

「昼寝の邪魔してごめんね。あとでボール遊びに付き合うから、ちょっとだけ触らせて」

店の裏で、ぎゅっとれんげを抱きしめる。ひなたの匂いがする。弱っている伍夏を心配するように、れんげがクン、と小さく鼻を鳴らした。

「れんげは、嘘ついたりしないもんね」

人間はよくわからない。二人の優しさが上辺だけのものだとは、とても思えない。伍夏を嫌っているわけでもないのだろう。何を考えているのか、何を信じればいいのかもう、わからなかった。

首にかじりついたままの伍夏に、れんげはじっとしていた。伍夏が顔を上げると、鼻先を寄せてスン、と匂いを嗅《か》ぎ、ぺろりと舐《な》める。

「ありがとう」

慰めてくれるのかな、と思って礼を言うと、パタパタと尻尾を振った。

「れんげ、大好き」

でも、和臣のことも好きだ。たとえ気持ちを知られて鼻で笑われていたとしても、それでも好きだった。ひどい人だと思いながら、でも遊ばれてもいいから一緒にいたいと考えている。それくらい、自分ではどうしようもないくらい、気持ちが大きくなってしまっている。

怜司のことだって、和臣とは違う意味で好きだ。もしかすると和臣はまだ、怜司のことが好きなのかもしれない。昨日だって、あんな風に口説いていたから。

そのことを考えると胸がチクチク痛むけれど、ここで怜司に色々なことを教えてもらって、楽しい思い出も沢山できた。彼が優しく辛抱強くいてくれたから、要領の悪い自分でも人並みに仕事を覚えることができたのだ。感謝しているし、尊敬もしている。

「このままバイトが終わるのは、嫌だよ」

せっかく楽しかったのに。不貞腐れて落ち込んだまま、ここを去るのは嫌だ。これまでの思い出がすべて台無しになってしまう。

「これじゃあ、秀人の時と同じだ」

和臣や、ここの人たちのお陰で変われたと思ったのに、ちっとも変わっていない。

「ねえ、れんげ。俺、どうすればいい？」

尋ねてみたけれど、答えはわかっていた。このまま一人でぐじぐじ考えていても、何もわからない。

「和臣さんに、聞いてみるよ」

どうして伍夏のことをあんな風に言ったのか。本当はどう思っているのか。もう相手には知られているし、予定より少し早いけれど、自分の気持ちも伝えよう。

どんな反応が返ってくるのか、想像すると怖い。和臣のことは、厳しい面もあるけれど優しくて誠実だと思っている。伍夏の見たては合っているのかもしれないし、もしかしたらてんで見当違いで、本当はもっと意地の悪い人なのかもしれない。

でもたとえば後者だったとしても、自分には本当に男を見る目がないのだと諦《あきら》めもつく。

「もしも振られて意地悪されたら……れんげ、慰めてね」

笑いかけると、れんげは尻尾を振って応えてくれた。やることが決まって、気持ちが少し上を向く。

もうアルバイトの残りも少ない。どうしたって数日後にはここを離れるのだから、塞《ふさ》ぎこんでいるだけ損だ。

和臣とは今夜話し合うことにして、気持ちを切り替えて、今は仕事をすることにした。失敗ばかりしていた分、取り戻さなくては。

そう思って立ち上がった時、店のお勝手が開く音がして、パタパタと足音が近づいてきた。

「あ、いたいた。よかった」

怜司が店の角からひょっこりと顔を出す。伍夏を探していたらしく、見つけると手招きした。

「伍夏にお客さん。東京から」

「えっ」

驚いたが、そう言われて最初に頭に浮かんだのは、祖父母の顔だった。遊びに行きたいと言っていた。だがすぐに違うとわかった。

「お友達だって。伍夏に会いにきたんだってさ。中で一緒にお茶でもしたら」

「友達……?」

誰だろう、と首を傾げる。大学の友達に、夏の間アルバイトをすると言ったが、場所までは教えていない。

不思議に思いながらも、怜司の後に続いて店に戻った。勝手口から中に入ると、和臣がキッチンにいた。伍夏と目が合うと、あごをしゃくってフロアを示す。その顔はなぜかむっつりとして、どこか怒っているようにも見えた。

何だかよくわからないまま、フロアへ向かう。客は、入り口に一番近い席にいる男、ただ一人だった。こちらに背中を向けたその姿を見た途端、ぞわりと悪寒が這《は》い上って来るのを感じた。

「……秀人?」

どうして、と口の中で呟く。顔を見なくても、後ろ姿だけでわかる。伍夏の呟きが聞こえたのか、秀人はパッとこちらを振り返った。

「伍夏!」

視線を合わせた瞬間、叫んで嬉しそうな顔をする秀人に、目を疑った。

「伍夏、会いたかった」

そればかりか、勢いよく席を立ち、人目も憚《はばか》らず抱き付いてきた。伍夏は何が何やらわからず硬直する。まるで離れ離れになっていた恋人に会うかのような態度だ。

「何、なの。どうして俺がここにいるって……」

「伍夏の家に電話して聞いたんだ。お祖母《ばあ》さん、相変わらず元気そうだね。伍夏に連絡したかったんだけど、ちょっと間違えて消しちゃってさ」

間違えて、というより、別れたから自分で消したのではないのか。伍夏の家族も、中学から付き合いのある秀人のことは良く知っている。祖母も孫の友達に行き先を聞かれて、アルバイト先を教えたのだろう。それはいいけれど、いったい彼は何をしに東京からわざわざやって来たのか。

別れ話などなかったかのように振る舞う秀人が、不思議を通り越して怖かった。

「俺、どうしてもいっちゃんに言いたいことがあって来たんだ」

こちらの顔が強張《こわば》っていることに気づいたのか、「どうしても」という部分に力を込める。

さんざん伍夏のことを鈍感だ非常識だと言ったくせに、まだ言い足りないのか。彼が昔のように「いっちゃん」と呼ぶのも馴れ馴れしくて嫌だ。久しぶりに会ったけれど、彼の顔を見てももう胸が痛くなることもなく、ただ困惑するばかりだ。

「休憩中なんだろ？　少し、二人きりで話せないかな」

秀人は言って、ちらりとキッチンにいる和臣たちを見た。ここでは話しにくいことらしい。

何を言い出すつもりか知らないが、確かにこんなところで元彼と話をするのもはばかられる。

伍夏はため息をつき、「すみません」と怜司と和臣たちに向き直った。

「ちょっと彼と、そこで話をしてきます」

「うん。ゆっくりしていいよ」

怜司は穏やかに言い、和臣は無言のままうなずいた。だが視線が、気がかりそうに伍夏をじっと見つめている。和臣も秀人という名前を聞いて、この自称友人が何者なのか、気づいたのだろう。

大丈夫です、と目顔で和臣に微笑み、店を出る。れんげはテラスの日陰に戻っていて、伍夏はその前を通り過ぎ、先ほどいた店の陰に戻った。

「それで、話って？」

店の前だと、お客や他のスタッフと顔を合わせてしまうかもしれない。人の滅多に来ない場所を選んだのだが、伍夏が切り出すと秀人はびっくりした顔をした。

「え、ここ？」

「他の場所は、わりと人が通るから」

「伍夏、住み込みなんだろ。自分の部屋は？」

「先輩と相部屋だから、使いたくない。それで、話って？」

和臣と二人の部屋に秀人を入れるなんてまっぴらだし、そもそも秀人と密室に二人という状況も、彼が来た理由がわからないだけに、怖かった。

　固い声に、秀人は呑《の》まれた様子でせわしなくまばたきする。それから芝居がかった仕草で肩を落とし、ため息をついた。

「やっぱり、怒ってるんだな。俺があんなこと言ったから」

　伍夏はきょとんと目を見開いてしまった。あれだけきっぱり振っておいて、怒ってるんだなも何もないだろう。

「怒るとか怒らないとかの問題じゃないだろ。俺のこと振ったのは秀人だよ。もう二カ月も前に別れたのに、今さら何の話があるの」

「……俺は、別れたつもりはないよ」

「は？」

　思わず素《す》っ頓狂《とんきょう》な声が出てしまった。何を言っているんだろう。この人頭がおかしい、と思った。それとも、伍夏の頭がおかしくなってしまったんだろうか。

「あの時ひどいこと言ったの、後悔してるんだ。あれから色々考えて……やっぱり俺には、伍夏しかいないと思った」

「……今は、俊《しゅん》と付き合ってるんだろ」

「俊とは別れるつもりだよ」

　つもりって、別れてから言ってよ、と内心で突っ込む。たちの悪い冗談みたいだ。

秀人はこんな男だっただろうか。改めて目の前の男を見る。明るくてムードメーカーで、ちょっと小ずるいところはあったけれど、ここまでではなかった気がする。

(でも俺も、秀人のことをちゃんと見てなかったのかもしれない)

親友で恋人の彼を美化しすぎて、秀人の欠点を見ようとしなかった。

過去のエピソードを細かく振り返れば、綺麗な思い出だと信じていた記憶の中にも、「あれ?」と思うことがある。

だがそんなことをつらつらと考えてしまうあたり、もう秀人には少しも気持ちが残っていないということだ。

「ここまで来てもらって悪いけど。もう無理だよ」

言うと、即座に「なんで」と聞き返された。

「何でっていうか、もう秀人のことは好きじゃないし」

「はあ? 俺たち別れて、たったの二カ月だよ? 俺はこの二カ月、伍夏のこと忘れたことはなかった」

「……」

今すぐ、彼に言いたいことが山ほどある。だがあり過ぎて、何から文句を言えばいいのかわからない。

ただし、鈍いだの天然だの言われる伍夏にも、一つだけわかることがあった。それはもう、この男には何を言っても無駄だということだ。

「俺も、大人になったのかな」

虚空を見上げて呟くと、相手は「何言ってんだよ」と怒った声を出した。

「そうやってはぐらかしてるの？　俺がこんなに謝ってるのに、そういう態度はないんじゃない」

「え、謝ったっけ」

記憶になかったので思わず口に出すと、目の前の男の顔色が変わった。

「お前、いい加減にしろよ！」

叫んだかと思うと、肩を強く掴まれ、壁に押し付けられた。

「痛っ……」

勢いで後頭部をぶつけてしまい、一瞬だが目の前がチカチカした。だが秀人は、そんな伍夏の様子などまったく意に介していない様子だった。

彼は伍夏が相手にしないことを、ただただ怒っている。あまりにも自分本位な態度に、うっすらと恐怖を感じた。

伍夏が身をすくめたのを、従順になったと勘違いしたのだろうか。秀人の顔から怒りが抜け、かわりに熱っぽい欲情のような色が目の中に浮かんだ。伍夏の肩を強く壁に押し付けたまま、唇が近づいてくる。

「や、やめ……っ」

咄嗟《とっさ》に顔を背けた時だった。

「いい加減にするのはお前だよ」

水を差すような冷静な声が聞こえたかと思うと、のっそりと和臣が顔を出した。秀人の背後に立つと、彼の着ているTシャツの襟首《えりくび》を摑んで、ぐいっと引っ張る。さほど力を込めているようには見えなかったが、首が締まった秀人は苦しそうに首を押さえ、引きずられるようにして伍夏から離れていった。

ぽかんとしていると、和臣が二人の間に入り、伍夏を守るようにして秀人の前に向かい立った。

「大丈夫か、伍夏」

頭の後ろを撫でていると、心配そうに和臣が振り返る。すぐ間近に彼の顔があって、こんな時なのにどきりとした。

「う、うん。平気、です」

顔が赤くなるのがわかる。ぎこちなくうなずくと、和臣はわずかに目を見開いた。それから思い直したように伍夏に向き直る。壁に片手をつくと、もう片方の手でさらりと伍夏の頰を撫でた。

「本当に？　お前、無理するからな。昨日から調子悪そうだし。心配してんだぞ」

耳元で囁く声が妙に艶っぽい。いやそもそも、耳元で囁く必要があるのだろうか。

「それは……すみません。わかってるけど。……和臣さん、ち、近い」

何だか普段の和臣ではないみたいだし、ベタベタされてものすごく恥ずかしい。

「あ？　近くしてんだよ」

少し乱暴な声と共に、するりと首筋を撫でられた。「ひゃ」とおかしな声が出てしまう。逃げることもできず首をすくめたが、和臣はそうした反応を楽しむように低く笑い、ほとんど息がかかるくらい、唇を寄せた。

「なに、顔赤くしてんの」

「セ……セクハラ禁止です」

ツンと頬を突《つつ》かれて、伍夏も思わず睨んでしまう。和臣がやけにキメ顔でキラキラしている。何なんだろう、この芝居がかった強引さは。

困惑しながらも目が離せないでいると、そんな和臣の背後から、「おい」と堪《たま》りかねたような声が上がった。

「無視するなよ。俺が伍夏と話してるん――」

「何？」

秀人の姿は、和臣に遮られて伍夏からは見えなかった。和臣は唸《うな》るような声を出して、くるりと首だけを後ろに向ける。秀人の声がかき消え、ざっ、と後ろに下がる足音が聞こえた。

和臣が怖かったらしい。

「お前。ヒデト、だっけ」

伍夏から離れると、和臣は思い出したように言って、秀人と対峙《たいじ》した。秀人は伍夏より少し背が高いけれど、和臣の方がずっと長身で体格もいい。迫力はといえば両者を比べるまでもなく、和臣が前に出ると、秀人は気圧《けお》されるように後ろに下がった。

「伍夏の元彼だっていうから、どんな奴かと思ったけど。話に聞いてるよりも、ずいぶんスペックが低そうだな」

「なっ」

「いかにも頭悪そうだし。いや、悪そうっていうか頭悪いよな。さっきの会話聞いてる限り、確実にバカだろ」

まったく遠慮のない物言いだった。言葉も態度も悪意たっぷりだ。もしもこれを伍夏が言われていたら、泣いて逃げ出していたと思う。だが根性なし、という点では、秀人も負けていなかったようだ。

「お前、誰なんだよっ」

彼が子供が駄々をこねるように喚《わめ》いた時には、伍夏たちのいる場所から、ずいぶんと遠ざかっていた。

「俺が誰だろうが、別れたお前には関係ないだろ。伍夏を傷つけたくせに、よくもノコノコ顔を出せたな。そのスカッスカの脳みそに羞恥心て言葉はないのか？　伍夏は根が真面目だから、お前みたいなゴミでクズの発言でも真剣に受け止めるんだよ。やっと元気になったってのに、呼んでもないのに湧《わ》いて出やがって。ゴキブリか、お前は」

こんなにも饒舌に、淀《よど》みなく喋る和臣を初めて見る。いっそ感心した。秀人は何か言おうとして、言葉が出ないようだった。

和臣がさらに何か言いかける。だがその時、固まる秀人の背後から、ほてほてと近づいてくる人影があった。

「ちょっと、お取り込み中にごめんねー」

おっとりと間延びした声で現れたのは、花山だ。和臣と伍夏は正面を向いていたので、彼が歩いて来るのがわかったが、秀人にとっては不意打ちだったようだ。

ぬっと秀人の顔の横に花山が自分の顔を寄せてきて、振り返った秀人は目の前に出現した強面《こわもて》に「ふあっ」とおかしな声を上げていた。

数歩飛び退《すさ》る秀人に、花山は「驚かせてごめんね」といつもと変わらぬ口調で謝る。

「伍夏君のお友達の秀人君て、君だよね。今すぐ駅まで車で送るようにって、怜司に言われたんだ。急用で、今すぐ帰らないといけないんだって？　車出すから。こっちだよ」

ニコニコと微笑む花山に、秀人は「え」とか「あの」と口ごもっている。それから、助けを求めるようにこちらを振り返った。だが伍夏が無言のまま見返すと、やがて諦めたように肩を落とす。

「はい、急いで急いで」

花山に親切そうに追い立てられ、秀人が去っていく。再びちらりとこちらを振り向くのに、伍夏は「バイバイ」と手を振った。

秀人はそれに傷ついたような顔をして、その表情に伍夏もちくりと申し訳ないような気持ちになったが、あえて何も考えないようにした。

もう、昔の恋に心を残さない。秀人とのことは、終わったことなのだ。背中を丸めて去っていくかつての恋人に、今は清々しい気持ちで「さよなら」と呟いた。


「今日は、本当にご迷惑をおかけしました」

店が終わった後、伍夏は怜司と和臣に頭を下げた。今日は伍夏自身と、それから秀人のことで、さんざん迷惑をかけてしまった。

秀人は花山が駅まで送り、一番早い電車に乗せて東京へ帰したそうだ。花山にもお礼を言った。花山は怜司から様子を聞いていて、秀人が招かれざる客だと知っていたという。

『伍夏君が困ってたら助けようと思ってそっちに行ったんだけど、その前に和臣が出てきたから』

秀人のことがあったせいか、その後は伍夏も、和臣のことを考えずに普通に働くことができた。

久しぶりに秀人に会ってわかった。秀人と和臣は違う。和臣だって完璧な人間ではないけれど、それでも秀人のように身勝手で理不尽ではない。もっとちゃんとした人だ。だから昨日のことも、何か理由があるはずだ。

(やっぱり、和臣さんに確認するしかないよね)

今ではすっきりした気分にさえなっていた。

「迷惑なんかじゃないよ。それにあの後、巻き返す勢いでバリバリ働いてくれたし。伍夏こそ、災難だったね」

怜司には、秀人がかつて付き合っていた恋人だと打ち明けた。怜司は秀人が訪ねてきた時から、何となく気づいていたという。

『僕もゲイだから、何となくね』

ちなみに僕のパートナーは花山だよ、と言われて驚いたが、和臣には、むしろ今まで気づかなかった方が驚きだと言われた。

「でも、和臣さんと花山さんに撃退してもらって、俺もすっきりしました。振られた時は散々だったから」

「もっとあいつのトラウマになるくらい、苛《いじ》めてやればよかったな」

ぼそりと怜司の隣で呟く和臣は、自分のことのように怒ってくれている。

「いいんです。むしろ、秀人が来てくれてよかった。これできっぱり、過去と決別することができたから」

伍夏が言うと、驚いたような顔をして、それから何か言いたげに口を開いた。言葉を待って和臣を見上げたが、結局彼は何も言わなかった。

「うん、えらい。嫌な過去は早く忘れた方がいいよ」

怜司はそう言ってくれた。仕事を終えて二階へ上がる。いろいろあったけれど、明日も仕事だし、和臣と話さなければならないことがあった。

「なあ。お前が昨日の夜おかしかったのは、あの野郎から電話があったからか?」

どう話したものか迷っていたが、部屋に入ると、和臣の方から切り出してきた。

「いいえ、あれは本当に兄からです」

和臣が自分のベッドに腰を下ろしたので、伍夏は中央のテーブルの前にぺたりと座る。見上げると、不可解そうな目と合った。

「昨日おかしかったのは、和臣さんにひどいこと言われたから」

微笑んで言うと、和臣の瞳《ひとみ》が困惑に揺れる。

「え、俺……?」

「遊び相手にならない地雷タイプで、天然で鈍感だって」

途端に、和臣の顔色が変わった。

「聞いてたのか。いや、そうじゃなくて、あれは」

「俺の気持ち、知ってたんですね」

昨日の言葉を思い出して、そんなつもりはないのに涙が出た。うつむく頭上に、和臣が焦って伍夏を呼ぶ声が聞こえる。

「俺なんか、相手にされないのはわかってたけど。俺の気持ち、二人であんな風に笑うことないと思う」

「違う。伍夏、それは違う」

「違わない。二人で笑ってた」

すごく傷ついた。見上げると、和臣がうろたえた顔をして、ぐっと言葉を飲み込んだ。それから肩を落とし、大きくため息をつく。ベッドから立ちあがると、伍夏の前に膝《ひざ》をついた。

「お前のこと、怜司さんとあんな風に話題にしたのは悪かった。けど、頼む。弁解させてくれ。俺も怜司さんも、お前の気持ちを笑ったわけじゃない」

伍夏も、ちゃんと話をするつもりだった。涙を拭《ぬぐ》ってうなずくと、和臣はホッとしたような顔をした。

「俺たちの会話、どこからどこまで聞いた？」

「和臣さんが怜司さんを口説いてたところから、和臣さんが俺のこと地雷って言ったところまで」

思い出すと勝手に涙が出そうになる。慌てて瞬《まばた》きした。

「怜司さんとのあれは、ふざけてただけで本気で口説いてたわけじゃない。怜司さんは花山さんを裏切ったりしないいし、俺も……たとえそこで怜司さんが乗ってきたとしても、相手にはならない」

「和臣さんは、まだ怜司さんのことが好きなのかなって思ってた。昔、好きだったんでしょう?」

真っ直ぐたずねると、和臣は少し笑った。

「昔は、な。好きっていうか、憧れだよ。いいな、って思って口説いて、相手にされなかった。それだけだ。今も引きずるほどじゃない。……信じてくれるか」

伍夏は黙ってうなずく。よかった、と和臣から安堵《あんど》の声が漏れて驚いた。

「そもそもあの時は、最初に花山さんの話をしてたんだ。怜司さんの愚痴を聞いてたんだよ。途中から話が逸れたっていうか、怜司さんが逸らしたんだけど」

「怜司さんが、愚痴?」

「そう。花山さんが鈍感だって。他の民宿のスタッフは、ほとんど花山さんの友達だし、恋人の愚痴は言いにくいんだろ。その点、俺は怜司さんの知り合いで、二人のことも付き合う前から知ってるから」

民宿に泊まりにきた若い女性客が、花山に秋波を送ることがたまにあるのだそうだ。中には積極的にアプローチをかける女性もいる。

それを言ったら、怜司の方がモテるのだが、怜司がすぐに気づいてあしらうのに対し、花山はまったく気づかないのだという。天然で鈍感で、怜司はいつもやきもきしているのだと、愚痴っていたらしい。

そういえば、伍夏が最初に話を聞いた時は、花山の話をしていた。

「それで、だから……怜司さんがお前の話を出したのは、俺をからかうためだったんだ」

日中、秀人を撃退した時とは打って変わって、和臣はためらいがちに喋る。弁解をしてくれているのはわかるけれど、伍夏には「だから」の意味がよくわからない。

そんな伍夏を見て、和臣は言葉を探すように視線を彷徨《さまよ》わせながら、話を続けた。

「お前の気持ちは、何となく気づいてた。こういうこと言うと、また信用なくすかもしれないけど、同僚に気を持たれるのは初めてじゃない。そういう時、勘違いされないように素っ気なくして距離を置くようにしてた」

伍夏はうなずく。和臣は以前にも、そんなことを言っていた。だから伍夏も、望みは薄いと思っていたのだ。

「でも俺、結構お前のこと構ってただろ？」

一緒に休日にドライブしたり、バイト中も色々と親切にしてくれた。

「うん……」

伍夏が肯定すると、和臣は少し照れ臭そうに目を伏せた。こんな表情の彼を初めて見る。

「まあ、自分でも構うのを止められなかった、っていうのが本音なんだけどな。今まで、誰かをそんな風に思ったことはなかった。初めてなんだ。怜司さんがからかってたっていうのは、俺が珍しく好きな相手にまごついてたから」

——苦手で地雷で、なのにすぐに手が出せないくらい、本気になっちゃうんだもんねえ。

怜司と和臣が話していた時、伍夏が逃げ出した後に怜司が言ったのは、そんなセリフだったという。

「え……」

好きとか、本気の相手というのは、まさか伍夏のことだろうか。

「そんなに驚くことか。俺も結構、わかりやすかったと思うけど」

「だって、面倒臭いって……地雷だって言ってたから」

天然とか鈍感とも言われた。

「ごめんな。照れ隠しにしても、もっと言葉を選べばよかった。まあ、天然で鈍感てのは本当のことだけど」

「ひどい」

恨めしげに睨むと、笑われた。

「付き合うなら、後腐れのない相手の方が良かった。真面目に一人だけを一生のパートナーにするとか、少なくとも今の俺には重くて無理だと思ってた」

生活と勉強に精一杯で、恋愛に比重を置く余裕がなかったというのもある。

「けど、好きになったら理屈じゃないんだよな。お前が別れた恋人のために落ちこんだり、それでも頑張って立ち直ったりしてるのを見て、俺もこいつにそういう目で見られたいって思ったんだよ」

また好き、と言われた。これはもう勘違いじゃない。

「好きって……俺のこと？」

けれどまだ不安は残っていて、言葉にすると声が少し震えた。和臣はそれに優しい微笑みを浮かべる。

「ああ。伍夏が好きだ。でもお前はあいつのことがあったから、慎重にしようと思ってた。夏休みだけの付き合いじゃなくて、東京に帰ってからも一緒にいたいから。東京に戻ってから、改めて会って、付き合ってくれって言うつもりだったんだよ」

和臣が伍夏を好きで、しかもそんなことを考えていたなんて、知らなかった。

「俺も……和臣さんが好き、です。俺も、最後の日に告白しようと思ってた」

ぎゅっと拳《こぶし》を握りこんで言った。温かい手が、それに重なる。

「そうだったのか。……ありがとう」

温かい微笑みと言葉に、じわりと嬉し涙が滲《にじ》んだ。膝を立たせると、上から被さるようにして抱きしめられた。和臣の体温に、これが夢ではなく本当なのだと実感する。

「傷つけて悪かった。お前があの男のせいで泣いてるのを見て、俺は絶対に泣かせないって決めてたのに」

嬉しかった。しがみつくようにして腕を回すと、もっと強く抱きしめられた。しばらく抱き合った後、どちらからともなく離れて、キスをした。

唇を離すと、和臣の唇が追いかけてきて、再びキスをされる。今度はもっと深く長く、濃厚なキスだった。

「……っ」

舌で口の中を犯すようなキスを、伍夏は知らない。陶然とされるまま受け止めていたが、やがて熱を持ち始めた自分の下腹部に、伍夏はもじもじと腰を揺らした。

「勃った？」

唇を離して、和臣が淫靡《いんび》な笑みを浮かべる。

「う……」

この人、やっぱりデリカシーがないかも、と内心で思いながら相手を睨んだ。だが和臣はその視線を嬉しそうに受け止めて、さらに笑みを深くする。

「風呂、一緒に入ろうか」

「えっ」

「俺はこのままでもいいけど、伍夏は嫌だろ？　別々に入ってる余裕はさすがにないから」

一緒に、ということは、身体を洗い合ったりするのだろうか。ものすごく恥ずかしい。だが黙ってうつむいていると、和臣は何かを誤解したらしく、

「ここで抱かれるのは、嫌か？　東京に帰ってからの方がいい？」

心配そうにのぞき込まれた。さすがに伍夏も、ここまで煽《あお》られて何もせずにいるのは辛いし、東京に帰ってからなんて拷問《ごうもん》だ。それでも和臣は、伍夏が嫌だと言ったら、我慢するつもりらしい。

（本当に、俺のこと好きになってくれたんだ）

きゅうっと胸が甘くときめいて、伍夏は和臣に縋《すが》りついた。

「嫌じゃない。このままだと、辛い」

正直に訴えると、和臣がホッとしたような顔で「俺も」と笑った。それから抱擁を解いて立ち上がり、伍夏を両腕に抱き上げる。

「えっ、えっ」

「じゃあ、風呂に入ろうか」

「ええっ」

そこは聞いてくれないのかと思ったが、力強い腕にお姫様抱っこをされて、和臣が息の掛かる距離で微笑むのを見ると、頭の奥が痺れたようになって何も言えなくなった。

和臣は軽々と伍夏を抱えたまま、バスルームに移動する。脱衣所で降ろされて、もじもじしている伍夏をよそに、和臣は手早く服を脱いで浴室に入り、シャワーを浴び始めた。慌てて伍夏も服を脱ぐ。

「そういえばお前、ここでオナッってたよな」

浴室に入った瞬間にそんなことを言われて、何て答えればいいのだろう。

「さ、最低。それって今、言うこと?」

最低、と顔を真っ赤にして繰り返すと、和臣は笑って腕を引き寄せた。温かいシャワーが降り注ぐ中、和臣の裸の胸の中に抱きしめられる。素肌が触れ合って、ドキドキした。和臣の胸は、思った以上に分厚くて硬い。さっきちらりと見た下腹部を思い出し、腰が重くなるのを感じた。

そんな伍夏の耳元で、掠《かす》れた低い声が囁く。

「お前がしてるの見た後。お前が寝てから、トイレで抜いた」

「……え」

抱きしめた腹の間に、硬くて熱い塊がある。伍夏のそれと触れ合って、呼吸をするたびにわずかに擦《こす》れた。

「お前のこの小っちゃい尻に、俺のをぶち込んで泣かせるのを想像してた」

「……っ」

伍夏を抱いていた腕が降りてきて、尻をきゅっと掴まれた。その手はいつまでも、いやらしく伍夏の後ろをまさぐり続ける。

「それからも、ずっとお前で抜いてた。……お前は？」

「そういうこと……聞かない、でっ」

本当は伍夏も何度か自分でしていた。いけないと後ろめたさを感じながら、その時に思い浮かべるのはいつも、和臣の顔だった。

「……あ、そこ……やっ」

するりと指の先が尻の狭間《はざま》に潜り込んできて、伍夏は悲鳴を上げた。腰を捩《よじ》って逃げようとしたが、身体は和臣の腕に囲い込まれたままだ。濡れた指が、いたずらに窄《すぼ》まりを擦る。

「一人でする時、こっちも使った？」

「し、しない……一人でなんか……っ」

それは本当だった。恥ずかしくて、一人でなんてできない。

「ここは？　弄《いじ》ったか？」

薄く笑った和臣が、抱擁を解いて伍夏の胸の突起をつまんだ。ぞくりと快感が走り、「ひゃうん」とおかしな声が出てしまう。

「して、な……やっ」

濡れた髪が鼻先を掠めたかと思うと、和臣は身をかがめて伍夏の乳首を口に含んだ。強く吸って、軽く歯を立てて扱《しご》く。片方の乳首を指でくりくりと弄られた。

「あ、あっ」

「好きなのか、ここ」

両方の乳首を苛められて、ビクビクと身体が跳ねる。和臣は執拗《しつよう》にそこをしゃぶり、やがて顔を離すと、ぷっくりと紅く熟れた突起を目を細めて眺めた。

「すげえピンク。前にこれ見た時、吸いたくてたまらなかった」

言って、今度は反対の乳首を口に含む。舌で先っぽを転がされるたびに、ペニスがじんじんと疼いた。下に触れたいけれど、自分で触るのは恥ずかしい。

「腰、揺れてる」

「だって」

「他も弄ってほしい？」

わかっていて、わざと乳首だけを苛めているのだ。意地の悪い視線に、伍夏は目を潤ませて睨んだ。

「和臣さん、意地悪だ……」

不貞腐れて呟くと、楽しそうに笑われた。それから伍夏の、涙の滲む目元を見てふっと、優しく表情を和ませる。

「じゃあ、優しくしようか。最初だもんな」

身を起こすと軽くキスをした。ボディソープを手の平に載せて泡立てると、伍夏の身体に擦りつける。

「な、に」

「さっさと身体洗って、続きはベッドでしょう」

言っていることはまともだけれど、手つきはあやしい。その手は首筋から肩を撫で、脇の下に滑り落ち、指先が再び胸の突起をなぞった。

「胸……好きなの？」

呼吸が荒くなるのをなだめながら、おずおずと口にする。顔が真っ赤になっているのが、自分でもわかる。ただシャワーを浴びているだけなのに、もうのぼせそうだ。

「いや、別に。でもお前のこれは、ずっと弄ってたいな。肌もすべすべだし。はちみつとパンケーキばっかり食ってるくせに」

顔が近づいたかと思うと、頬をかぷりと甘嚙《あまが》みされた。「ひゃ」と声を上げると、何度もかぷかぷと嚙まれる。犬がじゃれついているみたいだ。

「身体、洗うって」

「洗ってるだろ。そうか、下も洗わないとな」

「え、あ……やぁっ」

和臣が悪辣《あくらつ》な微笑みを浮かべて、伍夏の前にひざまずいた。脇腹から太腿《ふともも》へ泡の付いた手を滑らせながら、伍夏のペニスをぱくりと咥《くわ》える。

「や、だめ、それ……」

慌てて引き離そうとしたが、後ろに回った手ががっちりと押さえて離さない。じゅぷじゅぷと音を立てて出し入れされ、突然の激しい快感に甘い声を上げた。

「や、離して……出ちゃう」

先ほどの愛撫《あいぶ》でも既に、いっぱいいっぱいだったのだ。だが伍夏が羞恥に悶《もだ》えれば悶えるほど、和臣は強くペニスをしゃぶり上げる。さらには、臀部《でんぶ》を撫でる手が双丘《そうきゅう》に伸び、再び窄まりを撫でた。今度は撫でるだけではなく、指先が襞《ひだ》をめくってつぷん、と入ってくる。

長い指はゆっくりと優しく、けれど確実に奥へ向かう。内側を指の腹で撫でるように擦り、浅く深く出し入れしたかと思うと、陰嚢《いんのう》の裏の辺りをキュッと押し上げた。

「ひ、あっ」

びくん、とひとりでに身体が震えて、腰が砕けそうになった。下半身の奥の奥が、ギュンと跳ね上がるような感覚に陥る。

「な、に」

何が起こったのかわからず見下ろすと、笑みを含んだきつい眼差《まなざ》しとかち合う。艶を含んだ色っぽい視線にどきりとした。だが次の瞬間、和臣の指が再び一点を突く。今度はコリコリと何度も突かれ、身体中に電流が走ったような強い快感に襲われた。

「これ、こわい……」

こんなにも激しい快感を伍夏は知らない。強すぎる刺激に涙目になる。

「怖くない。気持ちいいだろ？　そのまま、一回出しな」

和臣は言って、指と口でさらに伍夏を追い立てる。じゅっ、と強くペニスを吸われ、後ろを苛められて、伍夏はとうとう我慢できず、和臣の口の中に射精してしまった。

「う、ぅ……」

恥ずかしいのに、射精が止まらない。だが和臣は平然とそのすべてを受け止め、飲み下した。それからやっと顔を上げて、少し眉をひそめる。

「やっぱり苦いな」

「あ、当たり前……」

「お前のは何となく、甘そうだったから」

馬鹿なことを言っている。真っ赤になって足元の男を睨むと、和臣はふふっと笑った。

シャワーでざっと跡を流し、バスルームを出る。タオルで水気を拭いて、部屋にはまた、和臣に抱えられて戻った。

「離れたくないんだよ」

伍夏を抱き上げて、甘く微笑むからいたたまれない。和臣のベッドに降ろされて、優しいキスをされた。

「前と後ろ、どっちがいい？　後ろからの方が、お前は楽だと思うけど」

太腿に擦りつけられた和臣のペニスは、硬く反り返っていて、先端から大量の先走りが溢れていた。

「前からがいい。顔、見たい」

甘えてねだると、和臣はわずかに息を詰めた。何かをこらえるように目を伏せたまま、伍夏を抱きしめる。

「足、開けるか？」

囁かれて、こくこくとうなずいた。和臣が身体を離すと、ゆっくりと足を広げる。後ろの窄まりまで見えるように膝を抱えると、ごくりと喉を鳴らす音が聞こえた。

「お前の、狭いから。ゆっくりしないとな」

自分に言い聞かせるように呟いて、和臣が身体の上に覆いかぶさった。伍夏の足の間に入ると、後ろにひたりと熱い塊を寄せる。

「力抜いて」

額とまぶたに軽くキスをされた。和臣は自身の先走りを塗りこめるように、先端でくちゅくちゅと襞を押し広げる。やがて腰を使い、ぐっと押し入った。

「あ、あ——」

襞を擦る振動が伝わってくる。その熱さと圧迫感に、思わず声が漏れた。根本まで深く突きたてると、和臣がほっと息を吐く。

「痛いか？」

優しく尋ねられて、首を振った。

「気持ちいい」

和臣と繋《つな》がっている。それは大きくて、めいっぱい広げられるような圧迫感があった。息をするたびにビクビクと脈打つペニスを感じる。少し苦しくて、それがかえって心地よかった。和臣も熱い息を吐きながら、苦しそうだった。根本まで突き立てたまま動かない。

「ゆっくりしたいんだけどな。お前の中、すげえきつくて……持ちそうにない」

何かを耐えるように言う和臣が、ゆるゆると腰を穿《うが》つ。二人の身体の間で、伍夏のペニスも再び硬く育っていた。

「……なあ、これ、本当に処女じゃないのか？　狭すぎんだろ……」

腰の動きが段々と早くなっていく。上半身を抱きしめられ、噛みつくような激しいキスを繰り返しながら、和臣が熱に浮かされたように掠れた声で囁いた。

「う、ちが……ごめん……ごめんね」

伍夏はもちろん、これが初めてではない。何だかそれがひどく申し訳ない気持ちになった。

和臣が初めてなら良かった。

悲しくなって謝ると、和臣ははっと我に返ったように瞬きした。それから、打って変わった優しい声音で「悪かった」と囁く。

「ごめんな。今の言い方、嫌だったな」

あやすように目元にキスをされ、身体を甘く揺すられる。じわじわと這い上ってくる甘美な感覚に、悲しみはあっという間に霧散した。

「予定ではもうちょっと、カッコつけられるはずだったんだけど」

少しずつ腰を動かしながら、和臣の息も浅く、苦しげなものになっている。

「こんな可愛いの抱いて、余裕ぶってられないよな」

「和臣さん……」

喜びと愛しさがこみ上げてきて、口の中で「好き」と呟く。けれどその小さな声は、しっかりと相手に聞こえていたようだった。

男っぽい端整な顔が、嬉しそうに笑う。「俺も」と囁きを返された。

「好きだよ、伍夏」

「ん、んっ」

腰を穿つ動きが、徐々に強く激しくなる。それに連れて伍夏の中も、じわじわと熱が滲むように気持ちよくなった。

身体が揺すられるたび、伍夏のペニスがぷるっと震えて透明の雫《しずく》が腹を汚す。だがそれを、恥ずかしいと思う余裕もなくなっていた。

「伍夏、すげえ可愛い」

和臣が囁き、伍夏の胸元に手を伸ばす。尖《とが》った乳首を捻り上げると、伍夏は喉を仰《の》け反らせた。

「あ、あ……だめ」

ひくひくと震える喉に吸いつきながら、和臣は乳首を捏《こ》ねるのを止めない。たまらず、伍夏は二度目の精を放った。

「ん、あ……」

後ろがきゅうっとひとりでに締まる。和臣が低く呻《うめ》いて息を詰めた。ぐっと根本まで一気に突き上げられ、打ち付けられた陰嚢がわずかに震えた。奥がじわりと温かくなって、和臣が達したのを知る。

「すげ、え……」

荒く息をつき、和臣が呟くのが聞こえる。伍夏の身体を強く抱き込んで、彼も強い快感の余韻に浸っているようだった。わずかに身じろぎすると、繋がったそこから和臣の放ったものがじわりと滲んでくる。

「悪い。加減できなかった。どこか痛くないか?」

やがて理性が戻ったらしい和臣が、不意に顔を上げて心配そうに覗き込んでくる。

「平気。気持ちよかった」

汗で額に貼りついた伍夏の髪を、優しい手がさらりとかき上げる。うっとりと身を寄せると、後ろに入ったままのペニスがひくりと震えた。

あ……とその存在を強く意識した時、和臣が浅く腰を揺すった。

「んっ」

「本当に、どこも痛くないか？」

「う、うん……」

「……これは？」

腰がさらに強く揺れる。何度か軽く打ち付けられ、ぱちゅぱちゅといやらしい水音が響いた。

「痛くない、けど……っ」

和臣はそこで伍夏の身体を横抱きにすると、繋がったまま自分もベッドに身を横たえた。体勢を入れ替えて、今度は後ろから伍夏を抱く。寝転がったまま浅く何度も腰を揺すっていると、和臣のそれは完全に硬くなった。

そうやって体位を変える間にも、和臣は何度も「痛くないか」と尋ねる。痛くはないけれど、伍夏は間を置かずに二度も射精して、さすがにすぐには勃起しない。なのに何度も浅い部分を突かれると、また達する時の切なさがこみ上げてくる。

「や……なに、これ……」

萎えたまま射精感に悶える伍夏を抱き、和臣は「何だろうな?」と謎かけのように囁く。後ろから伍夏のうなじや首筋を吸い、コリコリと乳首を弄った。

「や、あ……」

何も出すものがないのに、このままでは何度でも達してしまう。怖い、と自分の身体に回された和臣の腕に縋ると、抱きしめる力が強くなった。だが同時に、伍夏の中の雄もいっそう硬く、大きくなった気がする。

「大丈夫。怖くない」

甘く優しく囁かれる。首を捻ってキスをねだると、和臣も応えてくれた。

「後の始末は全部俺がするから。何も考えずに、気持ちよくなりな」

「ん……っ」

今この人には、すべてをゆだねて甘えていいのだ。そう思うと身体の力が抜けて、さらに快感が強くなった。和臣の身体に身を摺り寄せ、気づくと自分でも腰を揺らしていた。

「伍夏、可愛い。好きだよ」

目の眩《くら》むような快感と甘い声と言葉に、とろとろと身体が溶けてしまいそうだ。

「俺も、好き……大好き」

その夜、互いに何度好きだと言い合ったことだろう。和臣はその後二度も射精して、それでも伍夏が眠いとぐずるまで離してくれなかった。

約束通り、後始末はぜんぶ和臣がしてくれた。うとうとする伍夏をまた抱き上げてバスルームまで運び、汗と体液でどろどろになった身体を綺麗にしてくれたのは感謝している。汚れたシーツを洗濯してくれたのも。

でも、中に出されたものを掻き出すのに、伍夏が自分でやると何度言っても聞いてくれなかった。

「俺の責任だからな。ちゃんと綺麗にしないと、身体に悪い」

和臣はもっともらしく言ったが、伍夏が顔を真っ赤にしながら目の前に尻を突き出すのを見て、明らかに喜んでいた。

「和臣さんて、やらしい。こんなにむっつりだと思わなかった」

睨んで反撃したが、それすらも楽しそうに笑う。

「そりゃ、やらしくもなるだろ。お前みたいな可愛いのと付き合えるんだから」

そういう顔も逆効果だから、と意味深な声で言われ、それからかなりの時間、バスルームから出ることができなかった。

翌日、起きると身体のあちこちが筋肉痛で、ガクガクした。和臣は、無茶してごめんな、としきりに謝り、シフトをすべて変わってくれて、ご飯を部屋まで運んでくれた。

ちょっと申し訳ないなと思いつつ、前の日にバスルームで散々いじられたことを思い出し、黙って和臣の奉仕を受けた。

怜司には、和臣が体調不良だと告げたらしい。伍夏も一度だけ下に降りて、怜司に休んでしまってごめんなさい、と謝ったのだが。

「若いからって、あんまり無茶したらだめだよ」

と、ニコニコしながら言われた。続けて和臣に、

「和臣も、ちゃんと加減してあげてね」

キッチンでレタスを千切っていた和臣は一瞬ビクッとして、「はい」と神妙にうなずいた。

七

「それじゃあ、お世話になりました」

涙をこらえて、和臣と共に頭を下げた。今日は東京に帰る日だ。

はなカフェの裏の駐車場で、怜司と花山と、それに民宿のメンバーがほとんど全員見送りに来てくれた。もちろん、れんげもいる。

「二人とも本当にお疲れ様。良かったら来年の夏も、アルバイトに来てほしいな」

「冬は客として来なよ。何もないけど」

「その時は怜司さん、カフェの上に泊めてあげなよね。気兼ねなくヤリまくれるから」

怜司が伍夏の手を握る横で、安永たちがニヤニヤ笑いながらそんなことを言う。

和臣と恋人になったことはまだ、怜司にしか打ち明けていない。思わず隣の和臣を見上げると、和臣は「俺じゃない」というように首を横に振った。

「いや、雰囲気でバレバレだから」

安永が言う。怜司も困ったように微笑んでいて、どうやらみんなに筒抜けらしいことがわかった。

思いが通じ合った日、初めて和臣に抱かれて、それから毎晩、仕事が終わるとそういうことをしていた。降って湧いたような幸福に、伍夏の頭の中は常にふわふわしていたけれど、仕事だけは一生懸命にやったつもりだ。

和臣もそれは同じで、翌日に響くようなことはしなかったし、仕事中は以前よりもむしろ厳しかった。

「伍夏君はともかく、和臣がね。今まで伍夏君に甘かったのに、妙に生真面目になってたじゃない」

そんなことを言ったのは、花山だ。

「俺にまで気づかれるようじゃ、まだまだだね」

天然で鈍感、と怜司に言われていたが、自覚があるらしい。みんなでひとしきり笑った後、花山が「そろそろ行こうか」と促した。駅まで、花山に車で送ってもらうのだ。

スーツケースをトランクに載せて、花山に後ろに乗るように言われた。後部座席に乗りこむと、花山が「れんげ」と呼んだ。すると、れんげがぴょんと飛び乗ってくる。

「れんげも、見送りするってさ」

花山が軽く片目をつぶった。れんげはお出かけが嬉しいのか、パタパタ尻尾を振って伍夏に笑顔を振りまいた。

「れんげぇ」

はちみつ色の毛皮に、まふっと顔をうずめる。何が寂しいと言って、れんげと離れるのが寂しかった。ひとしきり抱きついていると、和臣が外から手を伸ばしてきて、れんげの頭をわしわし撫でた。

「恋人の前で、あんまりベタベタすんなよ」

途端に車の外で、安永たちの冷やかしの声が上がった。伍夏は真っ赤になったが、和臣はどこ吹く風だ。開き直ったらしい。

「じゃあ、また。ありがとうございました」

三人と一頭を乗せ、車はゆっくり発進する。カフェの外までみんながゾロゾロと付いてきて、角を曲がるまでずっと見送ってくれた。

夏の終わり、まだ辺りの風景は鮮やかな緑のままだ。もうしばらく、恐らくは来年の夏まで、この長閑《のどか》で美しい景色を見られない。れんげに寄り添って窓の外を眺めながらそんなことを考えて、また涙が出そうになる。けれど伍夏の感傷をよそに、車はあっという間に駅に着いてしまった。

「本当に二人とも、またいつでもおいで。みんなで待ってるから」

改札口まで、れんげと見送りに付いてきて、花山がそう言ってくれた。

「ありがとうございます。お世話になりました」

「ありがとう……ございました」

泣くまいと思ったのに、花山の笑顔が温かくて、ちょっと涙が出てしまった。慌てて目を拭う伍夏を、れんげが心配そうに見上げる。

「れんげもありがとう。またね」

いつまでも名残惜しいけれど、帰らなければならない。和臣も最後にはれんげに「またな」と寂しそうな挨拶をした。二人で花山に礼を言い、改札をくぐる。

「また来ような。バイトじゃなくても。パンケーキ食いに」

二人きりになると、和臣がぽつんと言った。伍夏は答えようとして、言葉にならなかった。

「お前、けっこう泣くよな」

ホームに入ってくる列車を眺めながら、和臣がからかうように言う。泣いてません、と言いたかったけれど、誤魔化せないくらい顔全体が水っぽかった。

休日の遅い時間で、上り線は空いている。それでも観光帰りらしい家族連れや、出張帰りとおぼしきサラリーマンがぽつぽつと席を埋めていて、彼らにじろじろと泣き顔を見られるのは恥ずかしい。

「泣いていいよ」

二人で席に納まると、隣から囁かれた。膝の上に置いた手に、人目を忍ぶようにするりと大きな手が絡まる。その言葉だけだったら、本当に泣いてしまっていたかもしれない。

だがその手はやがて、指の間を軽く擦るようにいやらしい動きに変わり、伍夏はシートに身を埋《うず》めて思わず息を詰めた。

隣を見ると、恋人がにやりと悪辣で婀娜《あだ》っぽい笑みを浮かべている。

「泣けるわけ、ない」

キリキリ睨み上げると、和臣の目元が不意に愛しげに和んだ。

「今日、本当に大丈夫なのか。一ヵ月半も留守にして、家族は心配してるんだろ」

「大丈夫。こっちで同じ大学の先輩と仲良くなったって言ったら、親も安心してた」

今日はこのまま、和臣のアパートに泊まる。もう一泊帰りが伸びることを告げたら、祖父母は寂しがっていたけれど、伍夏がこのバイトの間にすっかり元気になったことで、両親はかえって安心したようだった。ここに来る前、東京を離れる時は失恋でどん底に陥っていた。家族にもずいぶん心配させていたのだと思う。

「和臣さんのこと、しっかりした人だねって褒めてたよ」

実家に電話をした時、和臣がかわって両親に挨拶をしてくれたのだった。ぶっきらぼうな普段の口調とは違い、その時の和臣は折り目正しく丁寧で、ものすごく好青年だった。

「そう言われると、後ろめたいんだけどな」

家族にはまだ、自分たちのことは打ち明けられない。けれどそのうち、兄と姉たちには和臣のことを伝えようと思っている。

「お前の兄さんたちにも、挨拶しないとな」

「やっぱり、気づいてるのかなあ」

あれから、敬一に一度だけ電話をした。駅まで迎えに来ると行っていたのを、話の途中で放ってしまっていたからだ。

和臣の家に一泊する旨を伝えたのだが、なぜかもう知っていた。花山から話を聞いていたらしい。

『敬一が、伍夏君のことを気づいてるかどうかはわからないけど。俺と怜司がパートナーだってことは、以前から知ってるよ』

花山がそう言っていた。加えて、はなカフェが夏季のアルバイトを毎年募集しているのを知っていて、伍夏を使ってくれないかと頼んできたのは敬一らしい。

「十中八九、気づいてるんじゃないのか」

そっと伍夏の肩に身を寄せながら、和臣が言う。きっとそうなのだろう。

「まあ、家族のことよりもまず、俺たちのことだな」

今日までは一緒にいられる。けれど明日からは別々に暮らさなければならない。同じ東京に住んで、しかも同じ大学なのだから、冷静に考えれば悲観するのも馬鹿馬鹿しいのだけど、この夏の間、ずっと二人で暮らしていたのだ。

「……明日から、寂しいな」

呟くと、重なった手に力が込められた。

「俺もだよ」

声をひそめて囁いてから、和臣が「ああ」と急に大きな声で嘆息する。

「何だろうな、この感じ。初めてだ。俺は本気になったらたぶん、かなり重いぞ。お前のことも束縛しそう」

自分の感情を持て余すかのように言う。伍夏は「大丈夫だよ」と手を握り返した。

「俺も同じくらい重いから。束縛されるの、嬉しい」

微笑むと、和臣がぐっと唸ってわずかに固まる。不意に顔が近づいてきて、掠《かす》めるようにキスをされた。

「ちょっと」

ここは電車の中で、いつ人が通るかもわからないのに。

「可愛い顔するな。俺が堪えられないから」

慌てて離れると、しれっとそんなことを言われた。

「東京まで、あと一時間半……俺の家まで二時間か。くそ、長いな」

「……うん」

重なり合った手が熱い。触れ合う肩の温《ぬく》もりと和臣の匂いに、ドキドキする。

「でも、こうしてるだけでも、嬉しいよ」

言うと、和臣の手がびくっと震えた。

「お前なあ。だからそういう……」

くそっ、とまた悪態をついて、キスをする。今度は少し長いキスだった。

「……甘い」

最後に舌先で伍夏の唇をぺろりと舐めて、和臣が囁く。じんじんと、身体の奥が疼いた。

「ちょっと、寝るか」

声だけは何事もなかったかのように言って、和臣の身体は離れたけれど、繋がった手の先は熱いままだ。

「うん……」

眠れるはずがないことは二人ともわかっていたけれど、ここはとにかく電車の中だ。熱をやり過ごすためにそっと、目をつぶった。

火照った身体に、寒いくらいの空調が心地いい。列車の規則正しいリズムを感じながら、二人は目を閉じてずっと、寄り添っていた。

あとがき

こんにちは、初めまして。小中大豆と申します。

今回は大学生同士のお話になりました。住み込みのカフェバイト……というものが実際に存在するかわからないのですが、こんなアルバイトがあったらいいな、という妄想から今回の舞台となりました。

自然豊かな土地の可愛いログハウスに住みこんで、モフモフわんこと、美味しいホットケーキにまみれて暮らす……夢です。でも同室に和臣みたいな先輩がいたら、台無しですが。

攻の和臣は我が道を行くというか、個人的には『カチンとくる攻ランキング』の上位にランクインしています。

受の伍夏は、そんな攻に立ち向かえる芯の強い受にしよう、と思ったのですが、意外と打たれ弱かったですね。ウジウジしてるし。書いていて、「ちゃんと返事くらいしろ！」と思ったので、攻に言わせたり。こちらもイラッとさせてしまったら申し訳ありません。

そんなキャラクターたちを魅力的に描いてくださった、カワイチハル先生に感謝申し上げます。れんげも可愛く書いていただいて、ほんわか癒されています。

担当様には今回もご苦労をおかけしました。いつもいつもすみません。もう本当に……。

そして最後になりましたが、拙著をお読みいただきました皆様、ありがとうございました。

いつも、読んで楽しくなったり、切なくなったり、萌えたりできるものを書こうと模索しているのですが、果たして成功しているのか。いつも不安なところです。少しでも、皆様の心に残るものがあるといいなと思っています。

それではまた、どこかでお会いできますように。

小中大豆

✦初出　黒王子はいじわるに溺愛中……………書き下ろし

小中大豆先生、カワイチハル先生へのお便り、本作品に関するご意見、ご感想などは
〒151-0051 東京都渋谷区千駄ヶ谷 4-9-7
幻冬舎コミックス　ルチル文庫「黒王子はいじわるに溺愛中」係まで。

幻冬舎ルチル文庫

黒王子はいじわるに溺愛中

2016年11月20日　第1刷発行

✦著者	小中大豆　こなか だいず
✦発行人	石原正康
✦発行元	株式会社 幻冬舎コミックス 〒151-0051 東京都渋谷区千駄ヶ谷 4-9-7 電話 03(5411)6431［編集］
✦発売元	株式会社 幻冬舎 〒151-0051 東京都渋谷区千駄ヶ谷 4-9-7 電話 03(5411)6222［営業］ 振替 00120-8-767643
✦印刷・製本所	中央精版印刷株式会社

✦検印廃止

ISBN978-4-344-83856-7　C0193　Printed in Japan

本作品はフィクションです。実在の人物・団体・事件などには関係ありません。